C. di Nyon 1754

LA
BOURGEOISE MADAME,

COMEDIE NOUVELLE.

A BORDEAUX,

Chez Matthieu Chappuis, Imprimeur &
Marchand Libraire rue Saint James,
près l'Hôtel de Ville.

M. DC. LXXXV.

AVEC PERMISSION.

A MADEMOISELLE

DE MANIBAN.

Mademoiselle,

Quand mille bonnes raisons ne m'en-
gageroient pas à vous dédier cette Come-
die ; j'aurois toûjours dû le faire par
politique. On ne pourra pas voir vôtre
Nom à la tête de cét ouvrage sans
songer à vous ; c'est à dire à cét air si

grand, si noble, si magnifique qui vous
est si naturel, à cét esprit si penetrant, si
éclairé, si universel qui vous distingue
encore plus que votre naissance ; à cette
delicatesse, que tout le monde admire
dans toutes vos actions, comme dans
toutes vos paroles ; à ces manieres si
aisées, si honnêtes, si engageantes, si
peu communes, qui vous attirent l'estime & le respect de tous ceux qui ont
l'honneur de vous voir. A vous dire le
vray, MADEMOISELLE, l'idée
de tant de rares qualitez me sera d'un
grand secours, & un esprit qui en sera
remply, goûtera bien mieux le ridicule
d'une Bourgeoise, qui se guinde pour
s'élever, & qui rampe à tout moment,
en croyant se soutenir dans son élevation
imaginaire. Suivant la bonne, ou méchante coûtume de nos freres en Apollon,
je ne vous diray point que cette Piece

n'est pas digne de vous ; pourquoy
vous en avertir vous ne le verrez que
trop-tôt : une seule chose m'embarasse ;
c'est que comme je n'ay jamais fait d'E-
pître Dédicatoire, je ne sçay de quelle
maniere me prendre pour vous dire avec
le ton & la grace digne d'un Auteur,
que je suis avec un profond respect,

MADEMOISELLE

Vôtre tres-humble & tres-obeïssant
Serviteur......

ACTEURS.

MADAME MARTIN, Bourgeoise.

ISABELLE, fille de Monsieur de Chateaubreuil, Amante du Marquis.

LE MARQUIS DE LA CANGE, Amant
d'Isabelle.

MONSIEUR DE CHATEAUBREUIL, Pere
d'Isabelle, Amant de Madame Martin.

MONSIEUR LUCAS, Pere de Madame Martin.

LA MARQUISE DESCROQUANT.

MADEMOISELLE BROUILLON, femme d'un
Procureur.

MADAME FIDELLE, femme d'un Notaire.

MADAME BRAILLARD, femme d'un Avocat.

MADAME PINSONNIERE, femme d'un
Commis.

MADAME RUINANT, femme de l'Inten-
de Monsieur le Duc de Credule.

MONSIEUR DE LA CHAUMIERE, Gen-
homme Campagnard.

UN NOTAIRE.

CHAMPAGNE, Valet du Marquis.

FANCHON, femme de Chambre de Madame
Martin.

PICART, petit Laquais de Madame Martin.

UN PAISAN.

La Scene est à Paris.

LA BOURGEOISE MADAME,

COMEDIE.

ACTE I.

SCENE I.

LE MARQUIS, ISABELLE.

LE MARQUIS.

OY, charmante Isabelle ? & vous l'avez pû
croire ?
Finissez un discours qui fait tort à ma
gloire ;
Moy, vous être infidele ? hé sur quelle
raison
Avez-vous pû fonder cét injuste soupçon ?

ISABELLE.

J'ay tort, je vous l'avoüe, & ce n'est qu'avec peine
Que j'ay sur ce recit crû la chose certaine :
Mais l'on m'a si bien sçû confirmer ce matin

Que vous étiez épris de Madame Martin,
Que malgré vôtre ardeur, malgré vôtre promesse,
Je n'ay pû m'empêcher d'avoir cette foiblesse,
Ouy, Mr, je l'ay crû. Ce n'est pas que mon cœur
De tous vos interêts fidele défenseur,
N'ait pris vôtre parti : mais ma raison mal sûre,
S'appuyant foiblement sur quelque conjecture,
Et s'armant contre vous, pour la premiere fois,
M'a fait pour la Bourgeoise entrevoir des endroits
Dans vos yeux, dans vos soins, dans toutes vos ma-
    nieres,
Trop tendres, trop touchans pour n'être pas sinceres;
Que vous diray-je enfin, tous vos empressemens
Ont balancé chez moy la foy de vos sermens,
J'ay voulu dés ce soir sans tarder vous l'apprendre.

LE MARQUIS.

Ciel ! que me dites-vous, & que viens-je d'entendre!
Eh pour qui sont ces soins, & cét empressement,
Est-ce pour la Bourgeoise ? Ah je vois qu'aisément
De vos ordres précis, vous perdez la memoire,
Je ne vous dis plus rien, vous avez pû tout croire;
Pour moy qui me souviens que vous m'avez cent fois
Ordonné de la voir, je respecte vos loix,
Je la vois tres-souvent, je luy dis des sornettes,
Plus que tous ses Amans, je luy conte fleurettes,
J'affecte devant elle une feinte langueur ;
Je soûpire, & le tout, afin qu'en ma faveur,
Elle puisse parler à Monsieur vôtre Pere,
Ou rompre pour toûjours avec luy. Mais l'affaire,
Dont je veux vous parler, me justifiera mieux,
Ne perdons pas un temps qui nous est precieux.
J'ay trop bien réüssi dans nôtre tromperie
Madame Martin m'aime, & jusqu'à la folie
Ma personne, mon bien, mon air, ma qualité,
Plus que je ne voudrois, flattent sa vanité
Mr de Châteaubreüil quoyque Maître des Comptes,

N'a parmi ses Ayeuls, ny Marquis, ny Vicomtes.
Voyant dans ma maison ces deux noms à bon droit
Elle veut m'épouser à quel prix que ce soit,
Et s'appellant déja Marquise, & Vicomtesse
De mille sots discours me fatigue sans cesse;
Voila pour mon malheur l'embarras où je suis,
De pouvoir plus long-temps la tromper je ne puis
Si d'un autre côté l'intrigue est découverte,
Rien ne pourra jamais me sauver de ma perte,
Que faire?

ISABELLE.

Sans vouloir plus long-temps l'amuser,
Je crois qu'il seroit bon de la desabuser.

LE MARQUIS.

Ouy, mais c'est pour ce mal un dangereux remede,
L'esprit de votre Pere elle seule, possede
Vous le sçavez assez, il faut la ménager,
Trouvons quelque moyen pour nous en dégager,
J'ay depuis quelques jours un Valet fort habile,
En cette occasion il peut nous être utile,
Il doit venir bien-tôt me prendre, je l'attends,
Donnons luy de l'employ nous en serons contens
Il faut luy faire icy joüer un personnage,
Songeons à le trouver.   *Ils parlent bas ensuitte.*

SCENE II.

ISABELLE, LE MARQUIS, CHAMPAGNE.

CHAMPAGNE *entre armé de toutes pieces avec un mousqueton, quatre pistolets, une épée, un bâton, un couteau de boucher & une lanterne sourde.*

IL faut bien que la rage
Te serre, va bourreau, pour me faire courir

Pendant toute la nuit . . . . C'est me faire mourir,
La belle heure qu'il est pour être dans la ruë,
A croquer le marmot, que la peste le tuë:
Maudit soit tout valet dont le Maître amoureux,
Le fait servir la nuit ses ridicules feux:
Eh ! qu'avons nous besoin de leur sotte tendresse,
Mais j'apperçois le mien avec sa Maîtresse,
Il faut pour me vanger que je leur fasse peur ;
Prenons un peu le ton du guet, ou d'un voleur,
D'un voleur ? doucement, mon Maître a du courage,
Peut-être pourroit-il me faire quelque outrage,
Celuy du guet vaut mieux. . . . . . . *en contrefaisant*
    sa voix.   N'avancez pas Enfans ;
Qui va-la ?

ISABELLE.
Juste Ciel ! quel fâcheux contre-temps
LE MARQUIS.
Bons amis, bons amis ?
CHAMPAGNE.
            Il n'est amis qui tienne,
Déclinez vôtre nom, sans que rien vous retienne
    Isabelle & le Marquis parlent bas,
Ou de ce mousqueton je m'en vas vous marquer,
Vous marmotez tout bas , voulez-vous m'attaquer,
Avecque ma brigade, au lieu de me répondre,
J'entre-vois vos projets ; mais je vas les confondre.
ISABELLE.
Depeur d'en recevoir un trait desobligeant,
Faites les retirer avecque de l'argent.
LE MARQUIS.
De l'argent ? permettez pour punir leur audace,
Que je leur fasse voir si mon bras . . . .
ISABELLE.   Hé de grace
D'un chimerique honneur ne prenez point la loy,
Me trouvant avec vous, que diroit-on de moy ?

CHAMPAGNE.
C'est trop perdre de temps en des discours frivoles,
Parlez vîte, autrement ...... vôtre nom ?

LE MARQUIS.
                              Dix pistoles.

CHAMPAGNE.
Peste c'est un beau nom, Monsieur ne craignez rien ?
Vous étes honnête homme, & je le connois bien
A vôtre ton de voix. Nous faisons nôtre charge,
Sur tout autre que vous, j'aurois fait ma décharge,
Quand je vous ay parlé pour la premiere fois,
Sans avoir de réponse, & j'en enragerois.

LE MARQUIS. *luy donnant dix pistolles.*
Tenez, c'est fort bien fait de n'insulter personne.

CHAMPAGNE *prenant la main de son Maître.*
Monsieur le Marquis ?

LE MARQUIS.
                 Quoy ?

CHAMPAGNE.
              Je crois, Dieu me pardonne,
Que c'est là vôtre main.

LE MARQUIS.
             Quoy, Champagne, est-ce toy ?

CHAMPAGNE.
Morbleu belle demande, & vraiment ouy, c'est moy.
Que ne parlez vous donc ? Quel diable de silence,
Pour faire mettre à tort ma valeur en dépense
Voulez-vous ......

LE MARQUIS.
   Ah ! Coquin, tu mouras aujourd'huy .....

ISABELLE.
Songez que nous devons avoir besoin de luy.
Instruisez-le de tout, adieu je me retire.

SCENE III.

LE MARQUIS, CHAMPAGNE.

CHAMPAGNE.

COurage, fâchez-vous, morbleu je vous aduüre,
Quand j'expose ma vie, & mon honneur pour
    vous,
Vous voulez m'en payer, en me coulant de coups,
C'est agir noblement, Monsieur, la récompense,
En est fort magnifique, & de grosse dépense.

LE MARQUIS.

Pourquoy cette incartade, & quel plaisir prens-tu
A venir nous troubler ?

CHAMPAGNE.

                        Hé qui diable l'eût crû,
Je viens dedans ce lieu pour vous rendre service,
J'entends des gens, je croy vous rendre un bon office,
En les chassant d'icy, j'entends qu'ils sont plusieurs,
Je suis seul, & croyant que ce sont des voleurs :
Je contrefais le guet vous me graissez la patte,
Vous me reconnoissez, vôtre fureur éclatte,
Voilà tout, quel malheur en est-il arrivé ?
Je suis pourtant fâché de n'avoir rien trouvé,
J'aurois mis volontiers le quartier en alarmes,
Car, Dieu mercy, j'étois assez bien muni d'armes.

Il tourne sa lanterne, pour se faire voir.

Voyez, vous m'aviez dit, de m'armer avec soin.

LE MARQUIS.

Deux pistolets au plus suffisoient au besoin.

                            voyant son valet

Qui diable a jamais vû un semblable équipage,
Es-tu fou ?

                            CHAMPAGNE

CHAMPAGNE.

Qui moy ? Non. Et c'eſt être fort ſage,
Tous les hommes, Monſieur, ſont de differens goûts.
L'un aime le rôti, l'autre aime les ragoûts ;
Tel prend tout ſon plaiſir à conter des ſornettes,
Et tel autre ne veut ny fanchons, ny liſettes.....

LE MARQUIS.

Et pour toy tu te plais à me faire enrager,
En veux-tu venir là ?

CHAMPAGNE.

Monſieur, c'eſt m'outrager,
Tel qui voudroit mourir deſſous la baſtonnade,
Craint d'un coup de mouſquet la trop bruſque incar-
    tade ;
Tel prendroit une épée, & tel autre voudret,
Pour mourir doucement un coup de piſtolet ;
Les fantaſques au moins auroient trouvé peut-être,
Dequoy ſe contenter. En cas que quelque traître,
Que vous euſſiez voulu punir legerement,
Fût venu vous troubler ; avec cét inſtrument,
Nous l'aurions pû châ....tier de ſon impertinence,
        éguiſant ſon couteau de boucher.
En luy coupant tout net avecque reverence
Une oreille.

LE MARQUIS.

Parbleu le deſſein étoit beau ?
J'en trouve l'appareil & burleſque, & nouveau ;
Mais ſans perdre le temps en de vaines paroles,
Rend par proviſion toûjours mes dix piſtoles ;

CHAMPAGNE.

Ce n'eſt pas moy, Monſieur, qui les ay, c'eſt le Guet.

LE MARQUIS.

Hé bien ſoit, garde-les, j'en ſuis tres-ſatisfait ;
Je t'en offre de plus encore autres cinquante,
Si tu veux me ſervir.

B

CHAMPAGNE.

                    Ce n'eſt pas dans l'attente,
De l'interêt, Monſieur, que je vous le promets ;
Et vous devez conter qu'on ne verra jamais.....
Enfin contez ſur moy.

                LE MARQUIS.

                    J'y conteray ſans doute
Je te croy bon valet, obligeant ; mais écoute
Depuis fort peu de temps que je me ſers de toy
Tu montres de l'eſprit, & du zele pour moy,
De la fidelité, c'eſt ce que je déſire,

                CHAMPAGNE.
Pardonnez moy, Monſieur, cela vous plaît à dire.
Je n'en ay point du tout.

                LE MARQUIS.

                    Tant pis morbleu, maraut,
Pourquoy m'amuſe-tu par tes fades propos,
Va-t-en ?

                CHAMPAGNE.
            La la, Monſieur, ſoyez un peu traittable;
Ma foy je me mocquois, je ſuis fidelle en diable,
Et de plus ſoyez ſûr que je ſeray diſcret ;
Allez, vous ne pouviez mieux trouver vôtre fait.
Celuy qui devant vous avoit le bonheur d'être,
Ce que nous appellons en vulgaire mon Maître,
M'a repeté cent fois, il m'en ſouvient encor,
Que pour être ſecret je valois un tréſor ;
Un jour il m'envoya .....

                LE MARQUIS.

                    Briſons-là, je te prie,
Tu nous pourras demain inſtruire de ta vie;
Mais à preſent de grace écoute quel employ
Je prtens te donner.

CHAMPAGNE.   Oh, fiez-vous à moy.

                LE MARQUIS.
Ce n'eſt pas d'aujourd'huy que tu connois ma flâmé?

CHAMPAGNE *luy parlant à demy bas.*
Hé bien tenez , j'étois bon-amy de sa femme
Sans qu'il en ait jamais rien sçû.
LE MARQUIS.
C'est fort bien fait.
CHAMPAGNE.
Voilà pour vous montrer comme je suis discret.
LE MARQUIS.

Sçache . . . . .
CHAMPAGNE.
Si j'avois dit un secret d'importance,
C'en étoit fait , c'étoit un homme à la potence.
LE MARQUIS.

Sçache . . . . .
CHAMPAGNE.
Que dites-vous de ma fidelité.
LE MARQUIS.
Je t'en estime.
CHAMPAGNE.
Et c'est la pure verité.
LE MARQUIS.

Sçache donc . . . . .
CHAMPAGNE.
Si j'avois voulu ferrer la mule ,
Il ne tenoit qu'à moy , mon maître étoit credule ...
LE MARQUIS.
De recevoir cent coups, je te vois en danger,
Qu'elqu'un t'a-t-il payé pour me faire enrager.
CHAMPAGNE.
Hé que ne parlez vous, Monsieur , je vous écoute,
Vous en ay-ie empêché ?
LE MARQUIS.
Non, non , j'ay tort sans doute.
CHAMPAGNE.
Vous ne m'entendrez-pas dire un seul mot.

B ij

LE MARQUIS.

Tant mieux.
Depuis cinq ou six mois je suis fort amoureux,
D'une jeune personne, agreable, bienfaite,
Charmante, telle enfin que mon cœur la souhaitte
Son Pere est jeune encore, & trop pour nos pechez,
Il est veuf, & pretend . . . . .

CHAMPAGNE, *baaillant & étendant les bras,*

Ah Monsieur, dépechez,
Car je m'endors.

LE MARQUIS.

Maraut, me tiendras-tu parole,
Ta cervelle doit être, & bien seiche & bien folle,
Son Pere est jeune encore, & veut se marier.
Pour la seconde fois, je l'avois fait prier,
De me faire l'honneur de me donner sa fille,
Mais il voudroit luy faire épouser une grille ;
Et loin de contenter mes desirs amoureux,
Encor plus que devant, il me rend malheureux :
La raison est, qu'épris de certaine Bourgeoise,
Qu'il croit belle, bienfaite, agreable, courtoise.
Il doit au premier jour luy faire proposer,
Que dans fort peu de temps il pretend l'épouser,
Il sçait que de son bien la Bourgeoise est ravie,
Et s'il nous en donnoit la plus grande partie,
Ce seroit s'exposer peut-être à des refus,
Qu'il redoute cent fois plus que la mort. Bien plus :
De peur de luy donner quelque espece d'ombrage,
De se voir dépouiller aprés son mariage,
Bien loin d'être fort aise & de me prendre au mot,
Il n'a jamais voulu me la donner sans dot.

CHAMPAGNE.

Sans dot ? Il a grand tort, Monsieur, je vous assûre.

LE MARQUIS.

J'ay grand besoin de toy dans cette conjoncture,
Pourrions-nous pas trouver par ton invention

Quelque foulagement pour nôtre paſſion.

CHAMPAGNE *aprés avoir un peu rêvé,*

Ouy da, ouy da, ſongeons . . . . la choſe eſt réſoluë,
Je vous livre demain vôtre affaire concluë,
Laiſſez-moy faire, allez

LE MARQUIS.

Mais quel eſt ton projet ?

CHAMPAGNE.

Ne vous tourmentez pas, vous ſerez ſatisfait ?

LE MARQUIS.

Et ne ſçaurons-nous point ces deſſeins admirables.

CHAMPAGNE.

Je veux que dans mon corps un eſcadron de diables
Paſſe en caracollant tous le ſabre à la main,
Si je ne vous marie avant qu'il ſoit demain.
La Bourgoiſe n'a pas encor veu mon viſage ?

LE MARQUIS.

Non.

CHAMPAGNE.

Vôtre affa re eſt faite, allez je vous engage
Mon dos pour caution. J'entends quelqu'un parler.

SCENE IV.

MAD. MARTIN, FANCHON, LE MARQUIS, CHAMPAGNE.

FANCHON.

MAis de grace, Madame, où voulez-vous aller,
D'un tel deſſein du moins donnez moy connoiſ-
ſance.   MAD. MARTIN.
Un Laquais du Marquis m'a dit en confidence,
J'entends pour de l'argent qu'au mépris de mes feux,

Son Maître avoit ce soir rendez-vous en ces lieux.
Pour le nom de la belle, il n'a pû me l'apprendre,
Je voudrois m'en instruire, & je viens les surprendre.
FANCHON.
Le dessein est fort beau, quelle avance pour vous.
MAD. MARTIN.
Je ferois éclatter mille transports jaloux.
FANCHON.
Avez-vous du Marquis l'ame si fort éprise ?
MAD. MARTIN.
Non, mais en l'épousant je deviendrois Marquise.
CHAMPAGNE *bas à son Maître.*
Monsieur, j'entends quelqu'un qui porte icy ses pas.
LE MARQUIS.
Regarde, un peu qui c'est ?
CHAMPAGNE *tournant sa lanterne.*
C'est.... non, ce ne l'est pas.
LE MARQUIS.
C'est Madame Martin.
MAD. MARTIN.
Fanchon avançons viste ?
C'est le Marquis luy-même.
LE MARQUIS. *se retire.*
Il faut que je l'évite,
Son babil importun me tiendroit, jusqu'au jour.
CHAMPAGNE.
Nous demeurons icy pour luy joüer d'un tour,
Cette nuit me promet quelque bonne avanture,
Je sens démangeaison de faire icy capture,
Prenons encore un coup l'air du guet & la voix,
J'en dois être content pour la premiere fois.
MAD. MARTIN, *touchant Champagne qu'elle*
prend pour le Marquis.
Quoy, Monsieur le Marquis, si tard sans équipage?
N'apprehendez-vous point qu'on vous volle. Je gage
Qu'il entre en ce dessein du mystere amoureux,

Quelle belle ce soir doit couronner vos feux.
L'heure du rendez-vous n'est-elle point passée
Vous ne me dites rien, je vois vôtre pensée,
Ne vous allarmez point, je suis pour mes amans,
D'une humeur fort commode en de pareils momens,
Je sçauray ménager moy-même l'entreveüe.

CHAMPAGNE.

Qui va-là? parlez vîte,

MAD. MARTIN.

Ah Ciel! je suis perduë,

CHAMPAGNE.

Si vous branlez, je vous ..... vôtre nom,

MAD. MARTIN *donnant sa bourse.*

La voilà.

CHAMPAGNE.

C'est par trop m'obliger, mais ce n'est pas cela.

MAD. MARTIN.

Je vous jure, Monsieur, je n'ay plus rien à perdre.

CHAMPAGNE.

Non, non, remettez-vous, & songez à m'entendre;
Je suis Archer du guet qu'exprés mon Officier,
Qui soûpire pour vous depuis un siecle entier,
Envoye dans ces lieux pour garder vôtre porte,
Et pour moy, j'ay, Madame, une douleur tres-forte,
De ressentir déja, sans l'avoir merité,
Les effets prévenans de vôtre honnêteté,
Cependant si je puis vous rendre un bon office,

MAD. MARTIN *bas.*

Il faut pour mon argent en tirer un service.

CHAMPAGNE.

Vous ., ...

MAD. MARTIN.

Ma bourse, Monsieur, est en fort bonne main,
Et j'ay besoin de vous pour un petit dessein;
Un Marquis doit icy venir seul & sans suite,
Goûter d'un rendez-vous l'amoureuse poursuite,

Voilà l'heure à peu prés ; ce que je veux de vous
C'eſt qu'écartant la belle , & luy du rendez-vous,
Vous empêchiez l'aveu d'un amour qui m'offenſe;
Au reſte eſperez tout de ma reconnoiſſance ,
Adieu. Vous pouvez dire à vôtre Commandant
Que je ſuis fort ſenſible à ſon ſoin obligeant.

CHAMPAGNE.

Je n'y manqueray pas, & vous ſerez ſervie......
Ma foy, le tour eſt bon & la duppe eſt jolie
en riant.

SCENE V.

LE MARQUIS, CHAMPAGNE.

CHAMPAGNE.

VEnez , ma foy , Monſieur , vous avez bien perdu;
LE MARQUIS *revient.*
Va , j'étois dans un lieu , d'où j'ay tout entendu,
Mais d'où diabie la duppe a-t-elle pû s'inſtruire
Que j'avois rendez-vous.

CHAMPAGNE.

      Ne ſongeons plus qu'à rire,
Allons tout preparer , pour vous metrre demain.
En état de ne plus redouter ſon chagrin.

Fin du Premier Acte.

ACTE II.

SCENE I.

MAD. MARTIN, FANCHON, PICART.

MAD. MARTIN.

TU ne dis rien, Fanchon, de ma bonne fortune,

FANCHON.

Madame, à dire vray, je la trouve importune,
Il vous en a coûté six louis, & ma foy
Le drôle n'est pas plus Archer du guet que moy,
Cét honnête filou qui garde vôtre bourse,
A trouvé pour ses maux cette heureuse ressource;
Et ravi de tenir en ses mains vôtre argent,
Pour vous en consoler, il vous donne un amant,
Enfin je me défie un peu de cette histoire

MAD. MARTIN.

Pour moy je ne vois rien de si facile à croire,
Quand mon argent n'auroit operé tout au plus
Qu'à rendre du Marquis les desseins superflus,
N'ay-je pas beaucoup fait?

FANCHON.

Ouy, mais si vôtre drôle
A sçu prés du Marquis joüer semblable rôle,
Si l'instruisant de tout il en a retiré
Encor plus que de vous : qu'avez-vous operé?

MAD. MARTIN.

Cela ne se peut pas, l'action est trop noire.

FANCHON.

Pour moy je ne vois rien de si facile à croire.

MAD. MARTIN,

Comment, suis-je donc femme à me laisser dupper?

FANCHON.

Je ne dis pas cela?

MAD. MARTIN.

        J'entends quelqu'un frapper.
Laquais, voyez un peu qui gratte à cette porte.

PICART.

C'est quelque chat, Madame.

MAD. MARTIN.

        On frappe de la sorte,
Chez les gens du bel air, petit impertinent.
Je me trouve aujourd'huy tout je ne sçay comment,
Ma coëffure à mon sens est tout à fait infame,
Qu'en pense-tu Fanchon?

FANCHON.

        Vous étes bien, Madame,
Vous avez aujourd'huy certain air à charmer,
Moy-même, je ne puis vous voir sans vous aimer,

MAD. MARTIN.

Ne me flattes-tu point au moins?

FANCHON.

        Non sur mon ame.

PICART.

C'est un Monsieur qui veut vous saluer, Madame,

MAD. MARTIN.

Eh bien, faites entrer, Laquais à juste prix,
Approchez un respect.

SCENE II.

MAD. MARTIN, CHAMPAGNE *deguisé en homme qui cherche condition..*

CHAMPAGNE.

MAdame, ayant appris,
Que vous aviez besoin de quelque do-
    mestique,
Je viens m'offrir à vous, comme je me picque
D'avoir . . . . .

MAD. MARTIN.
Qui vous a dit qu'il m'en fallût quelqu'un,

CHAMPAGNE.
C'est vôtre Maréchal, Monsieur de Sallebrun.

MAD. MARTIN.
Mon maréchal à moy, cela ne peut pas être
Je n'ay point de Chevaux vous vous trompez peut-
    être.

CHAMPAGNE.
Mais un certain Marquis dont vous devez bien-tôt,
Etre l'illustre épouse, a carrosse & chevaux,
Et c'est son maréchal qui se dit déja vôtre
Qui m'a . . . . .

MAD. MARTIN.
C'est donc cela, car je n'en ay point d'autre,
Il s'est pourtant trompé, mon cher, car tous mes gens
Me servant comme il faut, sont encore ceans,
Il ne m'en faudra point de toute la semaine.

CHAMPAGNE.
Madame, j'attendray non sans beaucoup de peine,
Car je m'estimerois un tres-heureux mortel,
D'être dés à present vôtre Maître d'Hôtel.

MAD. MARTIN. *bas.*

O Ciel ! à ce doux nom, que mon ame est ravie ;
Mon Dieu, qu'avez-vous dit, repetez je vous prie.

CHAMPAGNE.

Que je m'estimerois un tres-heureux mortel,
D'etre dés à present vôtre Maître d'Hôtel,

MAD. MARTIN.

Je n'en ay point encore : parce que mes richesses,
Ne peuvent pas s'étendre à de telles largesses ;
Ayant Maître d'Hôtel, il faut un Escuyer,
Aprés comment pouvoir se passer d'Officier;
Vous voyez les faux frais, où par là l'on s'engage;
Et je n'en puis avoir qu'aprés mon mariage.

CHAMPAGNE.

On sçait, & n'en déplaise à vôtre humilité,
Que vous avez du bien & de la qualité.
Il ne tiendroit qu'à vous d'en faire la dépense,
Mais je connois des gens de fort grande importance;
Chez lesquels tour a tour, le même est l'Escuyer.
Puis le Maître d'Hôtel, ensuite l'Officier.
Leurs Maîtres cependant par une vertu rare,
Se servant à propos du valet de l'Avare.
N'en parlent pas moins haut, & sçavent à la fois,
Multiplier leurs gens ; ainsi que leurs emplois.

MAD. MARTIN.

Il est vray, cependant je ne sçaurois vous prendre.
J'en suis au desespoir : mais vous pouvez attendre.
Et mon hymen conclu, je vous fais Intendant,
Servez-moy de Laquais toûjours en attendant.

CHAMPAGNE.

Tout ce qu'il vous plaira, Madame, sans reserve.
Il ne m'importe pas pourveu que je vous serve.

MAD. MARTIN.

L'agreable Garçon, tout ce qu'il dit est doux,
Il sçait vivre. Comment vous appellerez-vous?

CHAM-

CHAMPAGNE.

Du nom de mon païs?

MAD. MARTIN.

Quel païs?

CHAMPAGNE.

De Champagne,
D'où viennent les bons vins, vray païs de cocagne.

MAD. MARTIN.

Hé bien, Champagne soit, puisqu'il vous plaît ainsi,
Estes-vous More?

CHAMPAGNE.

Moy? Non ma foy, Dieu mercy
J'ay des signes certains d'une santé parfaite,
Je bois, je mange bien, & rien ne m'inquiette,
Je suis chaud & peut-on l'être aprés le trépas,
Je vous parle, & les morts enfin ne parlent pas.

MAD. MARTIN.

L'équivoque est plaisant, étes-vous More, More,
De ces gens qu'on noircit?

CHAMPAGNE.

Je le suis moins encore;
Outre que mon visage est trop blanc pour cela,
Mon païs produit-il de ces animaux-là,
Qui diable a jamais vû des Mores de Champagne.

MAD. MARTIN.

Mais de quel païs donc sont ces gens?

CHAMPAGNE.

D'Allemagne.

MAD. MARTIN.

Je ne le sçavois pas encore en verité,
J'allois tout de ce pas, si vous l'eussiez été,
Sur un collier d'argent faire graver mes armes.
Un semblable ornement a pour moy mille charmes;
Pourquoy ne suis-je pas femme de qualité,
On m'en verroit toûjours un de chaque côté.
J'en vis un l'autre jour, chez une Demoiselle,

Qui m'en parut cent fois &plus blanche & plus belle
Je veux quoy qu'il en soit en avoir le plaisir,
Et prier le Marquis de m'en faire noircir.
CHAMPAGNE *bas.*
Fut-il sur terre une plus grosse duppe !
MAD. MARTIN.
Champagne, sçavez-vous comme on porte une juppe.
CHAMPAGNE.
Ouy, Madame,
MAD. MARTIN.
Voyons un peu si vous sçavez,
Bon. . . ..Celle de dessus...fort bien. . . levez, levez?
CHAMPAGNE.
Oh ! Je les sçay lever de la belle maniere,
Vous en serez contente, allez laissez moy faire?
MAD. MARTIN.
Hé bien, cela suffit, appellez-moy, Picard;
CHAMPAGNE.
Picard?

PICARD.
Madame ?
MAD. MARTIN.
Allez sur l'heure de ma part
Souhaitter le bon jour au Marquis & luy dites
Que je veux ce matin une de ses visites.
Viste dépêchez-vous,
PICARD.
Voilà Monsieur Lucas;
MAD. MARTIN.
Le Marquis va venir quel fâcheux embarras....
Vient-il point m'étourdir encor.....

SCENE III.

MAD. MARTIN, Mr. LUCAS, CHAMPAGNE, FANCHON.

M. LUCAS.

BOn jour, ma Fille ;
Comment goüvernez-vous toute vôtre famille ?

MAD. MARTIN.

Ne pourrez-vous jamais apprendre à mieux parler
A vôtre âge.

M. LUCAS,

Quoy donc ?

MAD. MARTIN.

Il me faut appeller
Madame ; & c'est ainsi qu'un pere qui sçait vivre ;

M. LUCAS

Que me veux-tu conter ay-je affaire de suivre. . .
Donc, Madame ma fille. . . . Est-ce que je suis fou ?

Mad. Martin hausse les épaules.

MAD. MARTIN.

Nommez-moy simplement Madame encore un coup.

M. LUCAS.

Je. . . . .

MAD. MARTIN.

Venez-vous icy pour me couvrir de honte,
Comme vous voilà fait .

M. LUCAS.

Encore autre beau conte.

MAD. MARTIN.

Sans cesse il vient icy des gens de qualité,
Que diroit-on de moy de vous voir si croté ?

M. LUCAS.
Quand je vins à Paris, sans avoir sou ny maille,
MAD. MARTIN.
Vous n'avez jamais rien à me dire qui vaille.
M. LUCAS.
Et toy pretens-tu donc m'interrompre toûjours,
Je suis las à la fin de souffrir tes discours.
MAD. MARTIN.
Ah ! Monsieur , aisément vôtre bile s'irrite.
M. LUCAS.
Appelle moy ton Pere , ou je te desherite.
MAD. MARTIN,
Quel supplice pour moy que sa grossiereté.
M. LUCAS.
Ma Fille , j'eûs toûjours pour toy de la bonté ,
Comme à present je suis fort avancé dans l'âge,
Et que de ton hymen je ne vois aucun gage ,
J'applique tous mes soins, & travaille pour toy
A chercher un époux qui soit de bon aloy ,
Qui travaille à son tour à me faire grand-pere.
Tu seras de mon bien mon unique heritiere ,
Je n'ay que toy d'enfans , & toute ma douceur. . . .
FANCHON.
Et s'il vous plaît encor une petite sœur
Du côté gauche avec un autre petit frere,
A ce qn'on dit
M. LUCAS.
Tay-toy est-ce là ton affaire.
Je trouve un bon Marchand, mais tout cousu d'écus,
(Il a quitté boutique & ne trafique plus)
Qui me paroît ravi de devenir mon gendre
J'en suis ravi de même. . . . Il doit venir te rendre...
MAD. MARTIN.
Je vous entends assez mais il n'en sera rien.
M. LUCAS.
Eh pourquoy s'il vous plaît n'est-ce pas vôtre bien.

MAD. MARTIN.

Quoy veûve d'un Bourgeois quand le Ciel me fait
    grace,
J'irois me replonger encore dans la crasse ?
Non je ne veux plus vivre ainsi que j'ay vêcu,
J'aime mieux épouser un Cavalier tout nu,
Que de garder encor parmi la Bourgeoisie
Un rang qui terniroit la gloire de ma vie.

M. LUCAS.

Ah que vous étes prompte il ma juré sa foy
Qu'il seroit dans un mois secretaire du Roy,
Et de plus il doit prendre un nom de Seigneurie
Si tu le refusois comprend qu'elle folie . . . . .

MAD. MARTIN.

C'est quelque chose encor que cela , cependant
C'est toûjours un Bourgeois quoy qu'il fasse ; pourtant
S'il me vouloit donner un carosse peut-être
Pourrois-je me resoudre . . . Ah c'est me méconnoître
Que diroit le Marquis si je luy preferois . . . .

M. LUCAS.

Ma Fille , épousez-moy plûtôt un bon Bourgeois,
Ce Marquis vous amuse avecque ses sornettes.
C'est pour vous attrapper qu'il vous conte fleuretes.

MAD. MARTIN.

J'aime-mieux d'un Marquis d'injurieux propos,
Que tout l'or & l'argent de cent mille courtauts ,
Non ne m'en parlez plus je ne veux rien entendre.

M. LUCAS.

Tu ne merite pas la peine qu'on veut prendre ,
Je ne mettray jamais le pied dans ta maison,
Va, coquine.

SCENE IV.

MAD. MARTIN, CHAMPAGNE, PICARD.

CHAMPAGNE.

Madame, est-ce là le Patron?

MAD. MARTIN.

Ouy, n'ay-je pas bien lieu d'en être satisfaite?

CHAMPAGNE.

Jamais par un tel-homme avez-vous été faite,
Ma foy je n'en croy rien.

MAD. MARTIN à *Picard*.

Où va ce petit sot.

PICARD.

Un carrosse est là bas qui veut vous dire un mot.

MAD. MARTIN.

Son nom,

PICARD.

C'est . . . . . attendez ?

MAD. MARTIN.

Bon Dieu ! qu'elle bêtise;

PICARD.

Ses gens m'ont dit que c'est Mad. la Marquise...

MAD. MARTIN.

Descroquant n'est-ce point,

PICARD.

Ouy, Madame, ce l'est.

MAD. MARTIN.

Le sot depuis trois mois qui me sert de Laquais,
Ne sçavoir pas encor distinguer le merite
Des gens de qualité qui me rendent visite
Je sçay bien quel sujet l'amene à mon logis,

J'ay sa vaisselle icy pour quatre cent louis ;
Elle vient me payer sans doute & la reprendre,
Je voudrois m'en servir avant que de la rendre.
J'espere regaler quelques Dames tantôt ,
Sa visite me vient icy mal à propos.

SCENE V.

LA MARQUISE DESCROQUANT,
MAD. MARTIN.

LA MARQUISE.

AH, Madame Martin , je suis vôtre servante ;
Je viens vous embrasser, que vous étes charmante
Comment nous n'avons point à la Cour de beauté,
Qui ne cede à l'éclat de ce tein enchanté.

MAD. MARTIN.

Vous vous mocquez, Madame, épargnez-moy de grace,

LA MARQUISE.

Non j'agis avec vous sans aucune grimace.
Je sçay que je vous ay grande obligation ,
Et je pretens aussi dans quelque occasion ,
Vous montrer que je veux vous rendre un bon office.

MAD. MARTIN.

Vous faites trop de cas d'un si leger service.

LA MARQUISE.

Je viens pour vous prier de venir sans façon,
Souper demain chez moy si vous le trouvez bon.

MAD. MARTIN.

J'accepte avec plaisir l'honneur que vous me faites.

LA MARQUISE.

On espere beaucoup sçachant que vous en étes :
Je prie un jeune Duc, un Comte, deux Marquis,
Et quelques Cavaliers encor d'assez haut prix.

MAD. MARTIN.

Ce Duc apparemment est Duc & Pair de France.

LA MARQUISE.

Ouy, c'est un Duc & Pair de fort grande importance.

MAD. MARTIN.

Quel plaisir de manger avec un Duc & Pair.

LA MARQUISE.

Oh sans doute, Madame, on mange du grand air.

MAD. MARTIN *en l'examinant.*

Ne vous étonnez pas si je vous étudie,
Je voudrois bien pouvoir être vôtre copie.
Depuis la tête aux pieds, le bon air que voilà,

LA MARQUISE *bas.*

Il faut pour son argent essuyer tout cela.

MAD. MARTIN.

Vous étes du bon air le plus parfait modelle.

LA MARQUISE.

A propos. J'ay demain besoin de ma vaisselle,
Si vous vouliez. . . . Je dois dans quatre jours au plus
Recevoir d'un banquier prés de trois mille écus. . . .

MAD. MARTIN.

Madame, vous priez les gens d'une maniere
Que c'est un ordre exprés qu'une telle priere.

PICARD.

Madame, on vous demande;

MAD. MARTIN.

Allez petit garçon,
Faites attendre . . . .

LA MARQUISE.

Adieu.

MAD. MARTIN.

Madame . . . . .

LA MARQUISE.

Sans façon.

SCENE VI.

MAD. MARTIN, LE MARQUIS.

MAD. MARTIN.

AH Marquis, je vous veux demander une grace?
LE MARQUIS.
Madame, ordonnez moy, ce qu'il faut que je fasse.
J'ay du bien, des amis, & je sçay mon devoir.
MAD. MARTIN.
Non, je ne veux que vous, écoutez moy. Ce soir
Je regale chez moy quelques bonnes amies,
Je sçay que vous pourriez avoir d'autres parties?
Mais aussi je l'avoüe, il me seroit bien doux,
De les y regaler d'un homme comme vous.
LE MARQUIS.
Madame, dans l'ardeur, qui pour vous, me transporte,
J'attendois pour mes soins une épreuve plus forte.
Oüy, je viendray sans faute à la collation,
Que ne puis-je trouver une autre occasion,
Pour montrer
MAD. MARTIN.
      Attendez, je vous suis obligée,
Mais si vous m'en voulez rendre persuadée
Il faudra faire encor quelque chose pour moy;
Le serez-vous, Marquis?
LE MARQUIS.
      Ah! douter de ma foy;
C'est me faire, Madame, un trop sensible outrage:
MAD. MARTIN.
Suffit, donnez-m'en quelque serment pour gage.

LE MARQUIS.

Hé bien, foy de Marquis?

MAD. MARTIN.

C'est jurer joliment,
Peut-on ne vous pas croire aprés un tel ferment:
Que ne puis-je jurer aussi foy de Marquise.
Venez donc sans manquer: mais à l'heure precise.
Je sçais bien que toûjours vous êtes du bel air,
Et vous ne le cedez a pas un Duc & Pair:
Mais redoublez vos soins par un bel équipage,
Pour paroître tantôt Marquis du haut étage.
Ne manquez pas aussi de faire vôtre Cour,
J'attends même de vous quelques marques d'amour
S'il est vray que je sois maîtresse de vôtre ame.
Je vous promets de faire éclater vôtre flâme.
Je veux de mon côté, vous y faire un accueïl,
Même à rendre jaloux Monsieur de Château-breuïl:
Y pensez-vous, Marquis?

LE MARQUIS.

Ouy, sans doute j'y pense
Prenez sur moy, Madame, une entiere assurance.

MAD. MARTIN.

C'est ce que je veux faire.

LE MARQUIS *bas.*

Et que diable est cecy
Champagne ne vient point.

MAD. MARTIN.

N'oubliez pas aussi
De dire de quel air l'autre hiver à Versaille
Je me fis distinguer d'avecque la canaille,
Que j'entrois tous les soirs dans les appartemens.

LE MARQUIS.

Si vous étiez restée à la Cour plus long-temps,
Vous pouviez aspirer aux plus hautes fortunes;
Vos manieres aussi ne sont pas fort comn u ies,
On voit briller en vous certain air ....

MAD. MARTIN.
                            Brisons-là,
Vous me direz tantôt tout ce qu'il vous plaira.
Il me vient en pensée une chose à vous dire :
            LE MARQUIS.
De quoy donc s'agit-il ?
            MAD. MARTIN.
                    Je veux vous faire rire
            LE MARQUIS.
Vous me ferez plaisir,
            MAD. MARTIN.
                    Vous devez avoir vû
Plus d'une fois chez moy Monsieur l'Abbé Dodu.
            LE MARQUIS.
Et même assez souvent.
            MAD. MARTIN.
                    Il me vint voir Dimanche
Comme je voulois prendre une chemise blanche,
Je la pris devant luy les gens de qualité,
N'en font point de façon ; mais sa pudicité
Sa bêtise plûtôt, m'en parût offensée,
Je luy crûs à l'instant la cervelle blessée,
Pour me le confirmer, il s'offrit un moyen,
Je montray, comme on fait ma gorge sans dessein,
Il se cacha d'abord, admirez sa sottise :
            LE MARQUIS.
Il souffre en vous voyant prendre vôtre chemise,
Il peut voir vôtre gorge & refuse un tel bien ?
Parbleu pour un Abbé l'action ne vaut rien,
Il a grand tort.
            MAD. MARTIN,
                    J'en suis si fort scandalisée,
Que je.... mais dites-m'en un peu vôtre pensée
            LE MARQUIS.
Ah si je le croyois tout à fait au dessus
De ces sotises-là ;

MAD. MARTIN

Je ne le verray plus,
Aussi bien les Abbez doivent-ils voir des femmes,

LE MARQUIS.

Les Abbez d'aujourd'huy sont les perdrix des Da-
N'en faites rien, comment je vous l'ay déja dit,
La conversation sans eux tombe & languit ;
On les aime par tout, & tous tant que nous sommes
Nous ne passons prés d'eux que pour des demi-hom-
mes.

MAD. MARTIN.

Hé bien dites moy donc le reverray-je encor ?

LE MARQUIS.

Si vous le reverrez ? morbleu c'est un tresor,
De ce peché peut-être a-t-il fait penitence,

MAD. MARTIN.

Il faut donc me resoudre à souffrir sa presence.
Mais vous n'avez pas vû, je crois, mon grand Laquais

LE MARQUIS.

Non, Madame.

MAD. MARTIN.

Je vais l'appeller tout exprés,
Je l'ay de ce matin, je le trouve fidele,
Il a l'air grand, le port, la taille assez belle.
Il est fort propre à tout, ne pensez pas tantôt,
Le débaucher au moins, il vient fort à propos,

SCENE VII.

MAD. MARTIN, CHAMPAGNE, LE MARQUIS.

LE MARQUIS *feignant de prendre Champagne pour un homme de qualité.*

AH ah que fait icy le Comte de Cascade,
Qui peut vous obliger à cette mascarade.

CHAMPAGNE

CHAMPAGNE.

Vous vous mocquez de moy , Monsieur.

MAD. MARTIN.

C'est mon Laquais

LE MARQUIS.

Du Comte de Cascade il a l'air & les traits.

MAD. MARTIN.

La rencontre est plaisante.

LE MARQUIS.

Il est vray , je l'admire

Il luy ressemble en tout plus qu'on ne sçauroit dire.

MAD. MARTIN.

Champagne allez là bas je m'en vas vous parler.

LE MARQUIS.

Adieu donc je vous laisse.

Champagne laisse tomber en sortant , un billet que la Bourgeoise ramasse.

MAD. MARTIN.

Où voulez vous aller ?

LE MARQUIS.

J'ay certain rendez-vous où je suis necessaire
Je m'en dispenserois......

MAD. MARTIN.

Songez donc à l'affaire.

LE MARQUIS.

Reposez-vous de tout sur moy.

MAD. MARTIN.

Jusqu'à tantôt.

SCENE VIII.

MAD. MARTIN.

JE sens je ne sçay quoy qui trouble mon repos ;
Mon cœur est tout émû quel est donc ce mystere?

D

Le Marquis attentif, interdit, confidere....
Mais ouvrons ce billet, & voyons promptement,
Si nous y trouverons quelque éclaircissement.

LETTRE
du Comte de Cascade.

JE vous ay déja mandé, mon cher Cousin, que j'étois fort amoureux, depuis deux ou trois mois, d'une Dame d'icy; je suis resolu de l'épouser, & de l'enlever au Marquis de la Cange que vous connoissez : je serois au desespoir qu'il eût trompé une personne qui merite une plus haute fortune. Dites à mon Fermier qu'il m'envoye les dix mille livres qui luy restent à payer de son dernier terme ; vous sçaurez par le premier Courrier ce que l'amour, m'aura fait entreprendre, tout à vous.
LE COMTE DE CASCADE.

Champagne vient derriere, qui écoute.
Ce billet n'a servi qu'à redoubler ma peine,
Je suis de ce mystere encor plus incertaine,
Mais ne seroit-ce point un Comte travesti,
Il faut m'en éclaircir & prendre le parti ;
D'aller chez le Devin : la chose est resoluë ;
J'en connois un fameux dans la prochaine ruë.
Qui predit le passé, le present, l'avenir.
CHAMPAGNE *à part.*
Ma foy, la duppe en tient, je la feray venir,
Dés ce soir, ou je veux
MAD. MARTIN.
Nous sçaurons le mystere;
J'iray le consulter : mais laissons cette affaire
Allons tout preparer pour traitter comme il faut
Les Dames que j'ay fait inviter pour tantôt.

Fin du Second Acte.

ACTE III.

SCENE I.

MAD. MARTIN, CHAMPAGNE.

MAD. MARTIN.

HOla, Champagne, hé bien les avez-vous trouvées
Viendront-elles bien-tôt , sont-elles occupées?
Parlez , que faisoit-on chez Madame Ruinant.

CHAMPAGNE.

N'est-ce pas là le nom de Monsieur l'Intendant
Du Duc de Credule ?

MAD. MARTIN.
Ouy :

CHAMPAGNE.
Ma foy pas grand' chose
On rayoit d'un contrat une petite clause,
Par où Monsieur Ruinant en homme consommé
Gagnoit trois mille écus : Peste il est bien nommé.
Ne pouvant me parler , on m'avoit dit d'attendre;
Voicy par leurs discours ce que j'ay pû comprendre:
On afferme par an trente six mille frans ,
Le Duché de Credule avec quelques presens :
Le bon Monsieur Ruinant en son art peu novice,
A fait entendre au Duc par un saint artifice ,
Qu'on luy devoit encor un terme tout entier ,
Sans qu'il en pût tirer un sou de son Fermier;
Mais qu'à la verité l'année étoit méchante ,

D ij

Que l'on avoit des fruits , & point du tout de vente
Et qu'il avoit compté cinquante fois & plus ,
Qu'il perdroit à son bail prés de six mille écus :
Mais qu'il falloit avoir pitié de ce pauvre homme,
En rabaissant par an son bail de quelque somme.
Le bon Duc penetré de ces discours pressans
Remet à son Fermier par an deux mille frans.
Le bail est de six ans la remise se monte ,
A douze mille frans, le Fermier à son compte ,
Au premier pot de vin joignant trois mille écus ;
Pour Monsieur l'Intendant , il gaigne le surplus
On appelle cela sçavoir jouër d'addresse
Sa femme va venir , j'ay trouvé la Duchesse ,
Comme je descendois de chez son Intendant ,
Qui me voyant vêtu si magnifiquement:
A cent fois admiré toute vôtre livrée ,
Vôtre drap l'a surprise , & le galon charmée ,
Mais plus que tout encor admirant la couleur ;
Elle a crû que j'étois à quelque Ambassadeur :
Elle m'a demandé le nom de ma Maîtresse ,
J'ay dit que je servois Madame la Comtesse ,
De S. Martin. Hé bien un autre un peu plus sot,
De Madame Martin auroit tranché le mot,
Mais . . . . .

MAD. MARTIN.

Je ne voudrois pas pour quarante pistoles
Que vous n'eussiez point dit ces charmantes paroles:
Madame la Comtesse ? & n'a-t-elle rien dit.

CHAMPAGNE.

Non.

MAD. MARTIN.

On ne peut assez admirer son esprit
Mais Madame Fidelle étoit-elle en affaire,
Viendra-t-elle bien-tôt ?

CHAMPAGNE.

La femme du Notaire ?

SCENE II.

MAD. MARTIN, MAD. PINCONNIERE, MAD. RUINANT, MAD. FIDELLE.

MAD. RUINANT *en baisant Mad. Martin.*

Comment vous portez-vous, ma charmante Madame ;

MAD. MARTIN.

Prête à vous obeïr, Madame.

MAD. RUINANT.

La santé
Brille sur vôtre teint.

MAD. MARTIN.

Le vôtre est enchanté.
Comment vous portez-vous, Madame Pinçonniere ?

A Mad. Pinçonniere en la baisant.

MAD. PINCONNIERE.

Fort à vôtre service ?

MAD. MARTIN *en baisant Mad. Fidelle.*

Et vous aussi ma chere ?

MAD. FIDELLE.

Tres-bien, vous le voyez.

MAD. MARTIN. *en baisant Mad. Braillard.*

Et Madame Braillard ?

MAD. BRAILLARD.

A miracle, & je suis Dieu mercy grasse à lard.

MAD. PINCONNIERE.

Oh ! C'est un embonpoint qui n'est pas incommode, Madame.

Elle enfle ce mot de Madame ;

MAD. MARTIN.

Ce ton-là seroit-il à la mode ?

Madame.

D iiij

MAD. PINCONNIERE.

On traitte ainsi les femmes comme nous?

MAD. BRAILLARD.

Madame, s'il vous plaît, comment prononcez-vous?

MAD. PINCONNIERE.

Madâme.

MAD. BRAILLARD.

Madâme.

MAD. PINCONNIERE.

Ouy.

MAD. FIDELLE.

L'agreable maniere.

MAD. PINCONNIERE.

C'est pour nous distinguer d'avec la Harangere,
Que l'on doit appeller Madame simplement.

MAD. RUINANT.

Ah Madâme!

MAD. PINCONNIERE.

Fort bien Madame en un moment,
Vous le prononcerez comme à l'Academie.

MAD. RUINANT.

Est-ce une invention de cette compagnie?
Madâme.

MAD. PINCONNIERE.

Apparemment on me l'a dit ainsi,

MAD. BRAILLARD.

Oh, sans doute, Madame, & je le crois aussi.

MAD. FIDELLE.

Où l'avez-vous appris?

MAD. PINCONNIERE.

Chez Madame Truelle
Où l'on sçait chaque jour quelque mode nouvelle.

MAD. RUINANT.

Qu'est son mary, Madame?

MAD. PINCONNIERE.

Architecte du Roy,

MAD. MARTIN.

Ouy.

CHAMPAGNE.

D'abord qu'elle aura fait ce qu'elle faisoit,
Elle ne m'a pas dit tout ce qu'elle pensoit.

MAD. MARTIN.

Que faisoit-elle donc, dites moy, je vous prie.

CHAMPAGNE.

Elle faisoit détendre une tapisserie,
Qu'on avoit depuis peu mis chez elle en depôt.
Dont elle avoit paré sa grand'sale d'enhaut,
Elle en enrage.

MAD. MARTIN.

Quoy? Cette belle tenture?
Ne vous mocquez-vous point?

CHAMPAGNE.

C'est la verité pure,
Le Garçon Tapissier me l'a dit en sortant,
Et de plus tous les jours qu'elle en faisoit autant.

MAD. MARTIN.

Cela n'est pas méchant.

CHAMPAGNE.

Ce n'est pas une affaire,
Quand on est une fois la femme d'un Notaire,
On sçait bien d'autres tours, on n'en manque jamais
Leur étude en contient plus que tout le Palais.

MAD. MARTIN.

Avez-vous rencontré Madame Pinçonnière

CHAMPAGNE.

Ouy, Madame, elle vient, la peste qu'elle est fiere.

MAD. MARTIN.

Son mary cependant n'est qu'un petit Commis.

CHAMPAGNE.

Je m'en suis bien douté, car un de ses amis,
Fait comme un Financier entrant sans dire gare :
Grace au Ciel, du jaloux demain je vous separe?

A-t-il dit en entrant sans prendre garde à moy,
Je viens de luy donner toute à l'heure un employ,
Il partira demain sans faute pour Toulouse ;
Malgré tout son dépit, & son humeur jalouse.
Mais la Dame aussi-tôt luy marchant sur le pié,
L'a fait taire tout court, & m'a congedié.
Pour Madame Braillard à peine l'ay-je veuë,
Elle étoit hors d'haleine, & tout à fait émeuë,
Parce que deux Plaideurs s'étans racommodez,
A Monsieur son époux avoient cassé le nez,
Je les ay rencontrez encore sur la porte,
Tous fiers d'un si beau coup, que la peste t'emporte
Disoit l'un de m'avoir conseillé ce procez,
Il m'en avoit vingt fois promis un bon succez ;
Il me le promettoit tous les jours, disoit l'autre ;
Et le tout pour avoir mon argent, & le vôtre.
Je n'aurois jamais crû qu'un Avocat fameux,
Eût voulu s'engraisser du sang de tous les deux . . . .

          MAD. MARTIN.

Et Madame Brouillon ?

          CHAMPAGNE.

               Quelle diable de femme,
Parce que j'ay voulu la traitter de Madame
Elle a pensé me battre.

          MAD. MARTIN.

               Ah les sottes façons,
De Monsieur son époux sont-ce là les leçons ?
Quoy qu'il soit Procureur son ame bien placée,
N'est jamais descenduë à de basse pensée.
Il me souvient toûjours à propos de cela,
D'un mot, qu'il dit un jour sur ce chapitre-là
Un Procureur, dit-il, dont le mêtier funeste,
Ne permet pas d'avoir beaucoup d'honneur de reste
Doit-il le refuser, quand il est presenté
Madame est un beau nom qui sent sa qualité :
Mais de tous ses discours sa ridicule femme . . . .

Ses profits font fort grands ; c'eſt un fort bel employ.
Auſſi ſa femme va de l'air d'une Princeſſe ,
Elle prend pour modele une jeune Ducheſſe
De la Place Royale.

MAD. BRAILLARD.
Elle eſt donc du mareſt ,
A ce que je puis voir ?

MAD. PINCONNIEREr
Ouy , Madame elle en eſt.

MAD. FIDELLE.
On dit qu'elle a l'air bon.

MAD. PINCONNIERE.
Ouy ſans doute admirable
L'air panché , l'œil traînant , certain tour agreable.
Qui fait que ſon abord vous paroît ſi charmant. . . . .

MAD. RUINANT.
Elle eſt avec cela bien faite apparemment ?

MAD. PINCONNIERE.
Rien n'eſt plus ragoûtant , rien n'eſt plus propre
qu'elle,
Elle eſt belle à manger qui plus eſt.

MAD. FIDELLE.
Commment belle ?

MAD. PINCONNIERE.
Belle à manger Madame.

MAD. BRAILLARD.
Ah ce terme eſt nouveau,
Mange-t-on à preſent ce que l'on trouve beau ?

MAD. PINCONNIERE.
C'eſt la mode, Madame, & l'on ne voit perſonne . . . .

MAD. MARTIN.
Je ne le ſçavois pas encor.

MAD. PINCONNIERE.
Cela m'étonne ;
Vous fûtes à la Cour le dernier carnaval.

MAD. MARTIN.

Je le crois que j'y fus, & je n'y ris pas mal,
Tout ce qu'on y peut voir; un Marquis d'importance
Qui doit venir icy, m'a dit que mon abſence,
S'y fait encor ſentir, dans la chambre du Roy
J'entrois, & je ſortois de même que chez moy;
Et l'on m'eſtimoit tant, s'il faut que je le die,
Que j'entrois ſans payer pour voir la comedie.

MAD. RUINANT.

C'eſt être diſtinguée.

MAD. MARTIN.

                              Et pour comble d'honneur
On me faiſoit placer auprés de Monſeigneur.

MAD. BRAILLARD.

Et quelle comedie y charma vos oreilles?

MAD. MARTIN.

Andromaque, Madame, ou Poiſſon fit merveilles,
Enſuite je ſortis pour voir ſouper le Roy
Que j'eûs l'honneur de voir tout comme je vous voy.
Poiſſon ne jouë jamais à cette piece qui eſt entierement
oppoſée à ſon caractere.

MAD. RUINANT.

Vôtre bel habit noir y parut admirable?

MAD. MARTIN.

Il eſt vray.

MAD. RUINANT.

              J'en fais faire un preſque tout ſemblable,
Mais je veux l'enrichir de quelques agréemens.

MAD. MARTIN.

Le mien me ſemble aſſez riche par mes diamans;

MAD. RUINANTr

Pour la mode on ne peut l'y mettre davantage,
C'eſt Renault qui le fait
              Tailleur de Madame la Dauphine.

MAD. FIDELLE.

              Il eſt fort en uſage

MAD. BRAILLARD.

Je vis hier au soir Madame l'Ecorcheur,
La femme du Greffier ; son babit de couleur
Est du dernier galant , du dernier magnifique ;
Gautier luy déploya quatre fois sa boutique.

Fameux Marchand.

Sans qu'elle pût trouver de brocard assez cher ,
Enfin aprés huit jours employez à chercher.
Aux armes d'Angleterre, à la Ville de Beaune ,
Elle n'en put trouver qu'à quinze louïs l'aune.

Fameuses boutiques.

Elle en prit en grondant , le marchand fort surpris ,
De la voir habiller d'étoffe à si haut prix.
L'habit luy sembla mince , & sa magnificence
Fit pour le relever cent écus de dépense.

MAD. RUINANT.

Il doit être fort beau ?

MAD. FIDELLE.

Sans doute.

MAD. BRAILLARD.

Il l'est aussi.

MAD. MARTIN.

J'attendois un Marquis , mes Dames , le voicy.

SCENE III.

MAD. MARTIN , MAD. PINCONNIERE,
MAD. FIDELLE, MAD. RUINANT, MAD.
BRAILLARD MADEMOIS. BROUILLON,
LE MARQUIS.

MAD. MARTIN.

AH Madame Brouïllon , je suis vôtre servante,

48   LA BOURGEOISE MADAME,
LE MARQUIS *montrant mademois. Brouillon*
J'ay rencontré Madame à la chaise roulante.
MAD. BRAILLARD.
Vous avez donc Madame une chaise à present,
MADEMOISELLE BROUILLON.
Bon, Monsieur le Marquis veut faire le plaisant,
Comme il faisoit vilain, j'ay pris une brouëtte,
MAD. FIDELLE.
Vrayment j'aurois bien-tôt la tête en girouëtte.
Eh, peut-on se servir de ces voitures-là.
Madâme ?
MADEMOIS. BROUILLON.
Pourquoy non ?
MAD. PINCONNIERE.
Aller avec cela.
J'aimerois mieux crotter souliers, juppe, dentelle....
Le seul penser me fait ......
MADEMOIS. BROUILLON.
Pour moy Mademoiselle.....
MAD. PINCONNIERE.
Ah ! Madame Brouillon vous voulez me louér?
MAD. RUINANT.
Ah Madâme ?
MAD. FIDELLE.
Madame ?
MADEMOIS. BROUILLON.
Est-ce pour me jouér?
D'un simple Procureur : parce que je suis femme,
Voulez-vous pour cela me traitter de Madame,
Les Procureurs sont-ils annoblis depuis peu ?
Pour moy je le voudrois, je vous en fais l'aveu ;
Mais quand je ne vois point leurs titres de Noblesse
Souffrez que je refuse un encens qui me blesse;
Je n'ay pas même lieu d'esperer cét honneur,
Puis qu'on déroge enfin quand on est Procureur.
C'est se mocquer du monde; ainsi mes Demoiselles
Avec

Avec moy s'il vous plaît treve de bagatelles.
MAD. BRAILLARD
Tout ce qu'il vous plaira , mais par nos qualitez.
Nous sommes au dessus des noms que vous portez.
MAD. PINCONNIERE.
Vous pourriez nous traitter de quelqu'autre maniere
MADEMOIS. BROUILLON.
Ne vous emportez pas Madame Pinçonniere?
MAD. PINCONNIERE.
Je ne m'emporte pas , mais j'en aurois raison.
MADEMOIS. BROUILLON.
Vous vous emporteriez un peu hors de saison;
Parce que vôtre époux est commis de gabelle
Aprés avoir été long-temps ce qu'on appelle
Rat de cave à Paris, vous voulez aujourd'huy
Vous élever trop haut sur un si foible appuy ;
Hé si dans quatre jours vous étiez revoquée,
Qui de vous ou de moy seroit la plus mocquée?
Vous m'entendez assez , quand je m'addresse à vous ,
Pour faire revoquer dans l'employ vôtre époux.
Vous vous contenteriez alors de Demoiselle ,
Croyez-moy profitez de cét avis fidelle.
MAD. PINCONNIERE.
Que pourrois-je répondre à des discours si sots?
MAD. BRAILLARD.
Vous faites la commerc icy mal à propos,
On vous réconnoît bien à vos fades injures ;
MADEMOIS. BROUILLON.
Tout ce que je vous dis sont des veritez pures ;
Tout le monde le sçait ; mais Madame Braillard
Puisque vous le voulez vous aurez vôtre part.
Par quelle vanité vous mettez-vous en tête
Que l'employ d'Avocat , quoy qu'employ fort hon-
    nête ,
Que vôtre époux exerce avec quelque succez
Vous doit faire Madame à l'aide d'un procez.

E

Je sçay que cét employ donne beaucoup de lustre
Quand il est possedé par un esprit illustre ;
Il fait considerer, mais il n'annoblit pas,
Quoyque chez le Bourgeois il procure le pas.
MAD. FIDELLE.
Vous vous passeriez bien petite Demoiselle,
Puisque ce nom vous plaît . . . . . .
MADEMOIS. BROUILLON.
　　　　　　　Ouy Madame Fidelle,
Vous en voulez aussi ? vous en aurez ma foy
Parce que vôtre époux est Conseiller du Roy.
Croyez-vous qu'à l'abry d'un si superbe titre,
On ne puisse en passant toucher vôtre chapitre.
C'est une qualité dont la compassion
D'un Prince bien-faisant vous fit donation ;
Mais qui n'empêche pas par un effet contraire,
Que Monsieur vôtre époux ne soit toûjours Notaire
C'est à dire soûmis à qui veut l'employer
Sous le moindre interêt toûjours prêt à ployer.
Toûjours pour le premier en victime publique
Cloüé dans son étude ou plûtót sa boutique.
Pourquoy la distinguer de celle d'un marchand,
Puisque dans toutes deux on achepte & l'on vend.
MAD. RUINANT.
Pour nous faire enrager vous étes donc venuë ?
MADEMOIS. BROILLON.
J'allois passer à vous, car je suis resoluë ;
De ne vous épargner non plus que ces trois-là,
Je sçay bien de quel air vous recevez cela.
Connoissant vôtre humeur hautaine & peu souffrante
Mais il m'importe peu Madame l'Intendante.
Souffrez-vous dans l'Hôtel où jadis vôtre époux,
A servi de Laquais, qu'on se mocque de vous ?
N'est ce pas dites-moy, se mocquer de la femme,
D'un Laquais revètu, que l'appeller Madame ?

LE MARQUIS.
Il faut bien se laisser entraîner au torrent.
MAD. BRAILLARD.
Monsieur parle fort bien, on doit garder son rang.
MADEMOIS. BROUILLON.
Puisque je suis en train il faut que je dégoise,
C'est à vous que j'en veux Madame la Bourgeoise.
Qui m'envoyez prier d'une collation
Pour me faire insulter. Dans cette occasion ;
Je suis ravie au moins de vous voir sans parole.
MAD. MARTIN.
On vous pardonne tout vous êtes une folle.
MADEMOIS. BROUILLON.
Vous étes encor pis mille fois que cela,
Et je veux bien finir vôtre éloge par la.
Monsieur le Marquis rit ; c'est pour luy fête entiere,
A Madame Martin.
Il se mocque de nous & de vous la premiere.
LE MARQUIS.
Qui moy ?
MADEMOIS. BROUILLON.
Ouy, ouy, Monsieur , doit-il être permis,
De voir impunément la femme d'un Commis ;
Celle d'un Avocat , & celle d'un Notaire ,
Celle d'un Intendant , celle d'un Commissaire ,
D'un Bourgeois , d'un Pedant , & d'un Docteur en
droit ,
Faire tout ce qu'au plus la Marquise feroit.
Sera-ce la Bourgeoise , ou plûtôt la Marquise ,
Que l'on doit voir d'un sac se parer à l'Eglise.
On en voit quelquefois de plus sottes encor
Qui fieres d'une juppe ou quelque filet d'or.
Parmy les fleurs de soye avec peine se sauve ,
Se la feront porter jusques dans un alcove.
A-t-on jamais rien vû de plus impertinent
Rien de plus condamnable & de plus insolent.

Des gens de qualité la grandeur est ternie
On ne les connoît plus d'avec la Bourgeoisie.
Et s'ils n'avoient cét air que vous n'aurez jamais,
On vous prendroit pour eux. Mais je vous laisse en
       paix.
De semblables leçons vous paroissent nouvelles,
Mettez-les en pratique. Adieu mes Demoiselles.

SCENE IV.

MAD. MARTIN, MAD. FIDELLE, MAD. PINCONNIERE, MAD. RUINANT, MAD. BRAILLARD, LE MARQUIS.

MAD. MARTIN.

JE suis au desespoir mes Dames que chez moy
On vous ait sottement voulu faire la loy.

MAD. RUINANT.

Bon, bon, vous vous mocquez; ce discours nous offense
Plus que son peu d'esprit & son impertinence?
Ne la connoit-on pas.

MAD. FIDELLE.

      Mais le plus grand dépit
Que l'on ait pû luy faire est de n'avoir rien dit.

MAD. BRAILLARD *au Marquis*

Que dites-vous, Monsieur, d'une si sotte femme
Qui ne veut pas souffrir qu'on l'appelle Madame?

LE MARQUIS.

Elle en donne à mon sens d'assez bonnes raisons.

MAD. PINCONNIERE.

Ce n'est pas d'aujourd'huy que nous la connoissons,
Ces raisons ne sont rien, une femme commune
Sujette aux duretez d'une basse fortune
Peut refuser ce nom qui paroit importun :

Mais son mary n'est pas tout à fait du commun.
C'est un bon Procureur qui fait bien ses affaires ,
Il n'en est pas ainsi parmy tous ses Confreres.
Qui prenans de bons airs . . . . .

CHAMPAGNE.

Je viens vous avertir
Que tout est prêt, Madame.

MAD. MARTIN.

Allons nous divertir.
Laissons la Procureuse avec sa réverie,
Ne songeons qu'au plaisir , mes Dames , je vous prie,
A lons.

SCENE V.

LE MARQUIS, CHAMPAGNE.
LE MARQUIS.

HE bien Champagne as-tu bien réussi ,

CHAMPAGNE.

Fort bien de mon dessein , n'ayez aucun soucy.
Je la meneray loin avant la nuit je meure ;

LE MARQUIS.

Mais si . . . . .

CHAMPAGNE.

Ne craignez pas qu'en chemin , je demeure,
Un faiseur d'horoscope entre dans mon dessein ;
Dans ce siecle maudit on ne fait rien pour rien.
Vous le sçavez ainsi . . . . .

LE MARQUIS.

J'entends , voilà ma bourse.

CHAMPAGNE.

C'est dans tous les malheurs une grande ressource.

LE MARQUIS.

Un certain Paysan assez mal à propos,
Est venu m'a-t-on dit te demander tantôt ;
Il se dit ton cousin, il faut le faire taire,
Ce Rustre pourroit bien gâter nôtre mystere.

CHAMPAGNE.

Mon Dieu laissez-moy faire entrez, ma foy tantôt
Vous me verrez, Monsieur, tremousser comme il faut.

Le Marquis sort.

Mais ce n'est pas assez de songer à mon maître,
Quand j'y pensois le moins, je me vois pris en traître.
Les beaux yeux de Fanchon m'ont donné de l'amour
Il faut aussi pour moy travailler à mon tour.

SCENE VI.

CHAMPAGNE, FANCHON.

FANCHON.

CHampagne.

CHAMPAGNE.

Que veux-tu ? La voicy la friponne.

FANCHON.

Madame te demande :

CHAMPAGNE.

Un petit mot mignonne.

FANCHON.

Non, je n'ay pas le temps d'écouter tes discours,
Entrons.

CHAMPAGNE.

Où fuyez-vous mes charmantes amours?

Fin du Troisiéme Acte.

ACTE IV.

SCENE I.

MAD. MARTIN, CHAMPAGNE *déguisé en Astrologue.*

MAD. MARTIN.

L E billet de tantôt & cette ressemblance
Me tiennent fort au cœur, & là-dessous je
    pense . . . . .
Mais que me veut cét homme ; oh quel original !
Appercevant Champagne.

CHAMPAGNE *bas.*

Nôtre déguisement, je croy, ne va pas mal.
Attiré par le bruit de vôtre gros merite,
A Madame Martin.
Je viens Madame icy vous rendre une visite.
Qui pourra vous servir le reste de vos jours,
Mais servir d'importance ?

MAD. MARTIN.

                  Ecoutons ce discours.

CHAMPAGNE.

Les gens de qualité sont fous de ma personne
J'ay du plus haut sçavoir remporté la couronne.
Bref je suis . . . . . . Sçavez-vous qui je suis ?

MAD. MARTIN.

           Point du tout

E iiij

CHAMPAGNE.

Je m'en vay vous l'apprendre, écoutez jusqu'au bout
De quelqu'un seulement montrez-moy l'écriture
Je luy dis sa mauvaise & sa bonne avanture

MAD. MARTIN.

Vous ne pouviez jamais venir mieux à propos,
Sur ce billet icy dites-moy quatre mots.

Elle tire le billet du Comte de Cascade.

CHAMPAGNE *aprés avoir un peu regardé le billet.*

Ouy, vous aurez tout lieu d'en être satisfaite,
Jamais je n'ay trouvé d'écriture plus nette.
Je m'en vas commencer par son portrait.

MAD. MARTIN.

Tant mieux,
Ce sera contenter mes desirs curieux.

CHAMPAGNE.

*La personne dont vous m'avez montré l'écriture, est
de taille mediocre, le front petit, les cheveux chatain-
brun, les yeux noirs vifs, & frippons en diable, le nez
bien fait, la bouche grande, le menton en homme de
qualité, la jambe bien faite & le pié petit. Ie ne vous
parle point de ce qui ne se voit pas, si vous en voulez
sçavoir quelques particularitez, vous pourrez vous en
éclaircir avec luy-même; je le crois assez honnête pour
ne vous rien refuser sur ce chapitre.*

MAD. MARTIN *bas.*

Je ne me trompe point, Champagne se déguise,
Voilà son portrait.

CHAMPAGNE.

Hem, vous paroissez surprise.
Bien d'autres le seroient.

MAD. MARTIN.

Ce secret est fort beau,
Je l'admire !

CHAMPAGNE.

Et de plus Madame, il est nouveau.

Sa grande qualité le fait diſtinguer dans ſa Province
qui eſt la Bourgogne ou la Champagne.

MAD. MARTIN *bas.*

Plus je vas en avant, plus je ſuis éclaircie,
Que je ſuis redevable à vôtre heureux genie.

A Champagne.

Il n'a point de pareil ;

CHAMPAGNE.

                              Ce n'eſt pas encor tout,
Pour me mieux admirer écoutez juſqu'au bout.

Il eſt jeune, il eſt riche ; & je croy Dieu me pardonne qu'il
a encore ſon pucellage. Ce n'eſt pas qu'il ne ſoit d'un
temperament amoureux , & je croy vous en perſuader
lors que je vous diray que pour s'introduire chez une
perſonne qu'il aime afin de la voir tous les jours & à
tous momens ; il entrera chez elle en qualité de Lacquais.

MAD. MARTIN *bas.*

Il n'en faut plus douter : c'eſt Champagne luy-même
Quel plaiſir n'ay-je pas de voir qu'un Comte
                    m'aime ?

CHAMPAGNE.

Il doit épouſer cette Dame malgré tous les empéchemens
d'un certain Marquis qui le traverſera dans ſon deſſein :
mais le mariage ne ſe pourra jamais conclure que le Mar-
quis n'ait épouſé ſa premiere Maîtreſſe. Parmy ce comble
de proſperitez, j'entrevois deux malheurs ; le premier eſt
que deux ans aprés ſon mariage , il aura une fort groſſe
maladie.

MAD. MARTIN.

Sera-ce fievre ?

CHAMPAGNE.

                    Non, mais un mal ve . . . . . nimeux,
Diable s'il en rechappe il ſera bien heureux.

Pour le ſecond malheur je n'oſe pas vous le dire ; vous
prendriez trop de part à ſon affliction , ſi vous étes de ſes
amis comme je n'en doute point.

MAD. MARTIN.

Depêchez , dites-moy quelle est cette disgrace

CHAMPAGNE.

Madame je ne puis , dispensez-m'en de-grace.

MAD. MARTIN.

Vôtre retardement fait croître mes desirs.

CHAMPAGNE.

Ah si vous le sçaviez , combien de déplaisirs.

MAD. MARTIN.

Non, je n'y prendray point trop de part je vous jure.

CHAMPAGNE.

Hé bien vous le voulez ?

MAD. MARTIN.

Ouy , je vous en conjure.

CHAMPAGNE.

Mettons-nous à l'écart il sera . . . . .

MAD. MARTIN.

Quoy blessé ?

CHAMPAGNE.

Belle affaire. Il aura . . . . .

MAD. MARTIN.

Quoy donc le coû cassé ?

CHAMPAGNE.

Oh que non.

MAD. MARTIN.

Finissez ma juste impatience,
Dites-moy . . . . .

CHAMPAGNE.

Devinez pour voir ?

MAD. MARTIN.

Quelle souffrance ;

CHAMPAGNE.

Je tremble à vous le dire , & sens battre mon cœur,
On le fera . . . . . cocu.

MAD. MARTIN.

Voyez le grand malheur.

Sur l'honneur de sa femme, il faut qu'il se repose,
Et si......

CHAMPAGNE.

Vous pourriez bien vous-même en être cause.
Hé bien que dites-vous ; ay-je bien réüssi,
Peut-on peindre plus juste un homme en racourcy.

MAD. MARTIN.

Il est vray ; mais Monsieur quelle reconnoissance
Peut-être de vos soins la digne recompense.
Prenez ces six louïs.

CHAMPAGNE.

                    Vous voulez m'outrager?

MAD. MARTIN.

Là là Monsieur, prenez :

CHAMPAGNE *en prenant.*

                    C'est pour vous obliger,
Adieu.

SCENE II.

MAD. MARTIN.

DEviner en lisant une lettre,
J'ay de la peine encor à m'en pouvoir remettre,
Seroit-ce mon Lacquais ne me trompay-je point ?
Un Comte pourroit-il s'oublier à ce point ?
De ce déguisement que faut-il que je pense,
Le Marquis l'a connu, là lettre en ma presence.
A tombé de sa poche, on m'a dépeint ses yeux,
Son visage, son air, sa taille, ses cheveux.
Mais sans tant m'arréter à des discours frivoles,
Puis-je le méconnoître à ces douces paroles.
Elle repete les paroles de l'Astrologue.
  Il est d'un temperament amoureux, & je crois vous en

persuader, lorsque je vous diray que pour s'introduire
chez une personne qu'il aime afin de la voir tous les
jours & à tous momens. Il entrera chez elle en qualité
de Lacquais.

Est-il rien de plus clair ? Il le faut appeller
Il vient fort à propos , & je vais luy parler,

SCENE III.

MAD. MARTIN, CHAMPAGNE.
MAD. MARTIN.

APprochez-vous, Monsieur, voyez cette écriture,
Elle luy presente son billet.
La connoissez-vous bien ?

CHAMPAGNE.
Moy ! Non je vous asseure.

MAD. MARTIN.
Vous ne connoissez point le portrait que voilà ?

CHAMPAGNE.
Non.

MAD. MARTIN *bas.*
Le portrait est bon. Justement le voilà.
C'est luy. Sur le visage une rougeur vous monte,
Vous trouvez-vous mal ?

CHAMPAGNE.
Non.

MAD. MARTIN.
Allez Monsieur le Comte.
On vous reconnoît bien , cessez de vous cacher,
CHAMPAGNE *en se jettant à ses genoux.*
Laissez donc attendrir vôtre cœur de rocher ?
Cruellle , ou moderez la force de vos charmes
Ecoutez mon amour , voyez couler mes larmes.

Parlez

Parlez, parlez Madame , étouffez mes soupirs ,
Par quelque mot flateur , contentez mes désirs
MAD. MARTIN.
Levez vous.
CHAMPAGNE.
Non , soumis aux pieds de ma Princesse
J'entendray son Arrest qui la fera Comtesse ,
Ou qui m'ôtant l'espoir avecque mon amour ,
Me privera bien-tôt de la vie & du jour.
MAD. MARTIN.
Que voulez-vous de moy ?
CHAMPAGNE.
Que vous soyez traitable

En se levant.

Je meurs d'amour pour vous ou je me donne au diable
MAD. MARTIN.
Les Hommes sont toûjours prêts à le protester :
CHAMPAGNE.
Aprés ce que j'ay fait pouvez-vous en douter.
MAD. MARTIN.
Non je n'en doute point : mais où m'avez-vous vûë ,
Parlez.
CHAMPAGNE.
C'est à Versaille où je vous ay connuë ;
Ce fut un jour de Fête , il m'en souvient toûjours
Qu'allant dedans le Parc pour faire quelques tours ,
J'apperçûs de fort loin vôtre taille divine ,
J'admiray mille fois vôtre air , & vôtre mine ,
Je vis vos yeux charmans pleins d'un noble couroux
Contre un petit Laquais qui se moquoit de vous ;
Parce qu'ayant voulu passer dans une allée
D'un jet d'eau tout voisin l'on vous avoit moüillée.
Helas en cét état que vous aviez d'appas !
Mon cœur se laissa vaincre , & ne raisonna pas ;
Mais quel fut mon chagrin quand vo᷿ ayant cherchée
Pendant plus de deux mois sans vous avoir trouvée

F

J'appris en soupirant que vous deviez bien-tôt
Epouser un Marquis qui le portoit fort haut,
On me dit que c'étoit le Marquis de la Cange;
Surpris au dernier point de cét hymen étrange,
Irrité de vous voir tromper si lâchement,
De vous desabuser Je fis un bon serment.

MAD. MARTIN.

Quoy ne seroit-il pas issu de noble race?

CHAMPAGNE.

Je ne dis pas cela, j'aurois mauvaise grace;
On le voit à la Cour tenir un fort bon rang,
Outre sa qualité, son merite est fort grand;
Mais quoy qu'en sa faveur vous soyez prévenuë,
Ce seroit épouser la vertu toute nuë,
Croyez moy, vôtre sort doit être plus heureux,
Le Ciel ne vous fit pas pour épouser un gueux,
Le Marquis vous dira luy même ma naissance,
Mon bien, ma qualité, sont de sa connoissance,
Croyez-en là-dessus ce qu'il en peut sçavoir.

MAD. MARTIN.

Vous-étes Gentil-homme à ce que je puis voir?

CHAMPAGNE.

Vrayment si je le suis, la chose est tres-certaine,
Etant le propre Fils de plus d'une vingtaine;
Je les nommerois tous s'il en étoit besoin,
Vous voyez-bien par là que je viens de fort loin:
Mais voulez-vous de moy?

MAD. MARTIN.

        Si par vôtre naissance
Vous passez le Marquis ......

CHAMPAGNE.

        Aprés cette assurance
Je n'ay plus rien à craindre, & vous étes à nous,
Quoy que je ne sois pas d'un naturel jaloux,
Je voudrois pourtant bien que ce Monsieur la Cange
Ne vous vît plus du tout, qu'en dites-vous mon
   Ange?

MAD. MARTIN.

Oüyda tres-volontiers

CHAMPAGNE.

Mais ne pourrions-nous point
Le marier ailleurs, ce seroit un grand point ;
C'eſt un fort bon garçon, Madame je vous jure
Qui mériteroit bien quelque bonne avanture.
Voyons.

MAD. MARTIN.

Vous ne pouviez pas mieux vous adreſſer,
Il avoit avant moy le deſſein d'épouſer
Une Fille de qui je gouverne le pere,
Et lorſque vous voudrez je renoûray l'affaire.

CHAMPAGNE.

Voilà tout juſtement ce que je demandois,
Je voudrois l'obliger enfin ſi je pouvois,
C'eſt mon parent, on doit ſervir le parentage,
Je vas à mon Hôtel chercher mon équipage ;
Adieu, vous me verrez icy dans un moment
D'un air .... enfin d'un air digne de vôtre Amant.

SCENE IV.

MAD. MARTIN, FANCHON, CHAMPAGNE.

MAD. MARTIN.

JE n'en puis revenir ma ſurpriſe eſt extrême,
Comtes, Marquis, je croy que tout le monde
    m'aime ;
Fut-il jamais un ſort plus heureux que le mien,
Il fera des jaloux ou je me trompe bien.

FANCHON.

Champagne careſſe Fanchon qu'il trouve en ſortant.
Arreſtez vous Monſieur, que diroit ma Maitreſſe ...

CHAMPAGNE.

Te crois-tu belle assez pour devenir Comtesse,

FANCHON.

Oüyda

CHAMPAGNE.

Va je te veux donner mon Intendant,
Prête moy ce baiser toûjours en attendant.

MAD. MARTIN *appercevant Champagne qui*
baise Fanchon.

C'est donc ainsi vraiment petite impertinente . . . .,
Champagne sort.

FANCHON.

Voyez le grand mal-heur.

MAD. MARTIN.

                    Ecoutez l'insolente ?
Il est vray, vous deviez vous laisser faire pis ;
C'a sans tant raisonner sortez de mon Logis
Vîte & n'y remettez le pied de vôtre vie.

FANCHON.

D'y revenir jamais je n'ay pas grande envie.

MAD. MARTIN.

Je ne veux pas aussi vous y revoir jamais.

FANCHON.

Vôtre maison pour moy n'a pas de grands attraits,
Je n'y fais que maigrir, & j'étois déja lasse . . . .

MAD. MARTIN.

Quoy je vous vois encore ?

FANCHON.

                    Je vous quitte la place
Avec plaisir.

MAD. MARTIN.

      Tant mieux. Ah vraiment pour un Comte,
D'une telle action il devroit avoir honte,
Je n'aurois jamais cru que cette trahison . . . .

SCENE V.

MAD. MARTIN, UN PAYSAN.

LE PAYSAN.

LOge-t-il pas cians un fartain grand Garçon
Qu'on nomme Champagne.

MAD. MATIN.

Oüy

LE PAYSAN.

J'an fis pargué bien aife,

MAD MARTIN.

Eh que luy voulez-vous,

LE PAYSAN.

Je fis fon Coufin Blaife,
Fils de fon Oncle George, & je vian pour le voir,

MAD. MARTIN bas.

S'il m'avoit attrapée, il me feroit beau voir ;
Jufte Ciel.

LE PAYSAN.

N'eft-il pas icy Mademoifelle.

MAD MARTIN.

Quoy maraut venez-vous pour me chercher querelle.

LE PAYSAN.

Qui moy Mademoifelle ? Eh vrayment non,

MAD MARTIN.

Le fot,
Aprés ce qu'il m'a dit m'acheve avec ce mot ;
Sçachez impertinent qu'on m'appelle Madame.

LE PAYSAN.

Je ne le fçavois pas, j'en jure fur mon ame.

MAD MARTIN.

Vous dites que Champagne eft un de vos parens.

LE PAYSAN.

Oüy Madame son Pere est des plus apparens
De noute Ville enfin qui n'est pas trop petite.

MAD MARTIN.

En quelle extremité me trouvay-je reduite ;
Quel affront n'est-ce pas recevoir d'un faquin,
Il n'est pas Gentil-homme ?

LE PAYSAN.

> Oh non.

MAD. MARTIN.

> Ah le coquin,

Sortez.

LE PAYSAN.

Et le Cousin.

MAD. MARTIN.

> Allez dans la cuisine

Le Paysan sort.
Et l'attendez. Quoy donc je veux faire la fine ,
> *Elle réve un moment.*

Pour me laisser dupper ? quand-il viendra tantôt.....

SCENE VI.

MAD MARTIN, CHAMPAGNE *vétu magnif-
quement.*

CHAMPAGNE *à part.*

J'Ay trouvé le Cousin ma foy bien à propos ,
Il est instruit de tout , comme diable j'en suë.

MAD. MARTIN *appercevant Champagne.*

Osez-vous bien encor vous offrir à ma vûë
Traître.

CHAMPAGNE.

Pardon mon cœur si mon ajustement
A retardé mes pas.

MAD. MARTIN.
                    Tréve de compliment.
CHAMPAGNE.
Ne vous emportez pas, car vous me percez l'ame.
MAD. MARTIN.
Je vous trouve un plaisant maraut.
CHAMPAGNE.
                              Plaît-il Madame,
Certain mot de maraut est venu jusqu'à moy.
MAD. MARTIN.
Quelqu'un l'a-t-il jamais mieux merité que toy ?
CHAMPAGNE.
Moderez les transports de vôtre jalousie,
Diable pour un baiser vous entrez en furie,
Je vous en donne trois pour ne vous point fâcher.
MAD. MARTIN
N'en ay-je pas sujet lâche à quoy bon chercher
D'inutiles détours pour cacher ta naissance ?
CHAMPAGNE.
Je sçay que son service est pour moy d'importance,
Je tâche à la gagner par quelque petit soin,
Vous voyez que c'étoit seulement par besoin.
MAD. MARTIN.
                    A un petit Lacquais.
Nous n'en sommes pas là, que le Paysan monte,
Je veux dans un moment qu'il paroisse à sa honte.

SCENE VII.

MAD. MARTIN, LE PAYSAN, CHAMPAGNE.

LE PAYSAN à *Champagne.*

Bon jour bon jour Cousin.

CHAMPAGNE.

Cesse de déguiser
Madame a tout appris, & je vas l'épouser.

LE PAYSAN.

Ah pour lors, Monseigneur, je n'ay plus rien à dire,
De vous rendre service est ce que je desire,
Vous m'avez commandé de celler vôtre nom.

MAD. MARTIN.

Quoy ce Monsieur n'est pas un de tes parens.

LE PAYSAN.

Non,
C'est mon Comte & mon Maître à qui je rend hom-
mage.

CHAMPAGNE *enfonçant son chapeau.*

Me voir traitter ainsi je creveray de rage,
Ou j'en auray raison, me traitter de maraut,
Moy traitre, moy? Nous le verrons tantôt,
Je suis ravi de voir cette brusque avanture ;
Holá Basque, Picart, Allemand, la Verdure,
Que l'on fasse tourner mon Carrosse.

MAD. MARTIN

Attendez
Je n'ay pas tant de tort que vous le pretendez ;
De grace écoutez-moy.

CHAMPAGNE.

Je ne veux rien entendre,
Je renonce à l'hymen où vous ofiez pretendre,
Tu-bleu comme aifément vous prenez feu dabord.

MAD. MARTIN.

Je ne refufe pas d'avoüer que j'ay tort :
Mais avoüez auffi . . . . .

CHAMPAGNE.

Morbleu ce mot de traître . . . .

MAD. MARTIN *au Payſan.*

Ayde moy je te prie à remettre ton Maître.

CHAMPAGNE.

Çela me tient au cœur.

MAD. MARTIN.

J'en fuis au defefpoir.

LE PAYSAN.

La la Monfieur al-eft remife à fon devoir,
Faut-il pas pardonner.

CHAMPAGNE.

A-t-on veu dans ma race
D'aucune trahifon quelque legere trace.

LE PAYSAN.

Il eft vray fes aieux ont tojous bian vécu,

CHAMPAGNE.

Jamais de fourberie ay-je été convaincu.

LE PAYSAN.

Non.

CHAMPAGNE.

N'importe approchez je vous fais grace entiere,
Vos beaux yeux ont enfin defarmé ma colere,
Voyez comme ils me font paffer du blanc au noir,
Et quel eft fur mon cœur leur abfolu pouvoir.

MAD. MARTIN.

Oublions le paffé tréve de badinage,
Et parlons d'autre chofe.

CHAMPAGNE.
                          Eh nôtre mariage,
                 MAD. MARTIN.
Se conclura tantôt si vous voulez.
                 CHAMPAGNE.
                               Morbleu
Tres-volontiers tantôt, car je suis tout en feu,
Et celuy du Marquis est-il prêt à conclure,
                 MAD. MARTIN.
En même temps.
                 CHAMPAGNE.
               Tant mieux. Comtesse je vous jure
Qu'il me tarde déja de pouvoir sans pecher
Vous tenir dans mes bras à mon petit coucher,
Je ne veux pas icy m'expliquer davantage ;
Mais vous n'avez pas veu mon petit équipage,
Il est assez galand, & plus d'un Duc & Pair
Ne seroit pas fâché d'en avoir de même air,
J'en vois leur jalousie assez souvent parêtre,
Si vous le voulez voir allons à la fenêtre.

           Fin du quatriéme Acte.

ACTE V.
SCENE I.

CHAMPAGNE, LE PAYSAN.

LE PAYSAN.

COusin embraſſons nous j'ay de la joye au cœur
De te trouver toûjours avec ta belle himeur,
Nonsje pas bian tantôt fait noute perſonnage?

CHAMPAGNE.

Oüyda.

LE PAYSAN.

Morgué vois-tu j'antandons le langage,
Tu vas donc devenir un des plus gros Monſieus,
Comme guiable fais tu, j'ay bieau m'ouvrir les yeux
Et je n'y voyons rian. J'an ſis pourtant bien aiſe;
Car pargué je ſerons toûjours ton Couſin Blaiſe:
Mais l'an dit qu'à Paris tout le monde eſt cornard,
Oh ſi j'aimerois mieux ne manger que du Lard.

CHAMPAGNE.

Pauvre ſot ſçais-tu bien ce que vaut cocüage.

LE PAYSAN.

Margué je ſemblerions aux moutons de Village.

CHAMPAGNE.

Si tu voulois pourtant je te donne ma foy,
De te faire dans peu donner un bel employ.

LE PAYSAN.

Taſtiguenne il n'eſt point d'emploitte qui me tente,
T'as biau diſe vois-tu t'y pardras ton attente,
J'en ſeray point cornard en dépit de tes dents.

CHAMPAGNE.

Hé cousin je t'en prie.

LE PAYSAN.

Eh laisse là les gens.

CHAMPAGNE.

Tu seras grand Seigneur, ta femme sera belle.

LE PAYSAN.

Morgué tu me ferois trabouïllir la sarvelle.

CHAMPAGNE.

Tout ce que je te dis ce n'est que pour ton bien,
Je voudrois......

LE PAYSAN.

Adieu donc.

CHAMPAGNE.

Va va revien revien.

LE PAYSAN.

Il ne me plaît pas moy.

CHAMPAGNE.

Vien je vois à ta mine,
Qu'il faut te radoucir auprés d'une chopine.

LE PAYSAN.

C'est bian dit, c'est pour nous un vray chassesoucy,
Et je n'avons pas hâte à present dieu mercy.

CHAMPAGNE.

Les Coeus cependant dans le siecle où nous sommes.

LE PAYSAN.

Ah jarnigué cousin laissons ces pauvres hommes.

CHAMPAGNE.

Paix j'apperçois quelqu'un, c'est Madame Martin,
Il faut changer de stile, & jouër au plus fin,
Elle va s'approcher d'abord pour nous surprendre.

SCENE

SCENE II.

MAD. MARTIN, CHAMPAGNE, LE PAYSAN.

MAD. MARTIN.

Approchons & tachons un peu de les entendre.

CHAMPAGNE.

Ainsi tout compte fait vous Blaisé mon Fermier
Vous me devez encor un terme tout entier ;
Je me lasse à la fin de vous faire remise,
Je feray vendre tout jusqu'à vôtre chemise
Si vous ne me trouvez de l'argent promptement.

LE PAYSAN.

De grace, Monseigneur .....

CHAMPAGNE.

Tréve de compliment ,
Il me faut de l'argent, je vous le dis encore.   *bas.*
Va-t-en toûjours devant m'attendre au petit More ,
Le premier cabaret à main droite en sortant.

LE PAYSAN.

Bon bon.   Mais Monseigneur   .   .   .

CHAMPAGNE.

De l'argent , de l'argent.

SCENE III.

MAD. MARTIN, CHAMPAGNE.

MAD. MARTIN.

Vous venez là de faire une horrible menace
A ce pauvre Fermier.

G

CHAMPGAGNE.

                        Comment je luy fais grace,
Je ne sçaurois tirer un soû de ce maraut.
Il faudra bien qu'il chante, ou nous verrons tantôt.

MAD. MARTIN

Monsieur de Chateaubreüil entre tout en colere ;
Ah nous sommes trahis, il sçait tout le mystere,

CHAMPAGNE,

Il me faut donc cacher un moment dans ce coin,
Aprés je paroîtray s'il le faut au besoin.

SCENE IV.

MAD. MARTIN, Mr. DE CHATEAUBREUIL, CHAMPAGNE *caché*.

MAD. MARTIN.

Qu'avez-vous donc Monsieur, d'où peut venir ce
      trouble ?

Mr. DE CHATEAUBREUIL.

Vous connoissez par là qu'on n'a pas un cœur double,
Qu'on sçait peu déguiser ses secrets sentimens
Et qu'on est moins que vous sujet aux changemens.

MAD. MARTIN.

Je cherche quel endroit peut troubler vôtre flâme,
Mais je ne trouve rien qui m'accuse.

Mr. DE CHAT.

                        Hé Madame
Voulez-vous m'obliger aprés m'avoir trompé,
Moy-même à publier que vous m'avez dupé.

MAD. MARTIN.

Me voulez-vous parler du Marquis de la Cange ?

Mr. DE CHAT.

Ah non Madame, non.

MAD. MARTIN.

        Vôtre amour est étrange ;
Je n'en puis concevoir la moindre vision.

Mr. DE CHAT.

Inviter le Marquis à la colation ,
N'en dire à son amant pas la moindre parole ;
Bon , c'est vous accabler d'une plainte frivole.

CHAMPAGNE *bas.*

Passe pour le Marquis ; mais j'apprehendois fort

Mr. DE CHAT.

Vous verrez à la fin encor que j'ay tort.
Vous . . . . .

MAD. MARTIN

      Pour faire cesser vôtre plainte éternelle ,
Je prétends dés ce soir qu'il épouse Isabelle ;
N'y consentez-vous pas ?

M. DE CHAT.

        Ah que me dites-vous
Pourray-je reparer mon injuste courroux.
Ce soir tres-volontiers finissons cette affaire
Je m'en vais de ce pas avertir un Nottaire.

MAD. MARTIN.

Allez, par cét hymen vous pourrez être heureux
Et songez qu'au lieu d'un j'en pretend faire deux.

SCENE V.

MAD. MARTIN, LE MARQUIS.

MAD MARTIN.

JE m'en vas vous apprendre une heureuse nouvelle,
Vous épousez ce soir la charmante Isabelle.

LE MARQUIS.

Moy, Madame? pourquoy voulez-vous me tenter?
J'ay depuis fort long-temps cessé de m'en flatter.

MAD. MARTIN.

Il n'eſt rien de plus vray, voyez monſieur ſon Pere,
Vous pourrez le trouver chez le premier Nottaire ;
Allez Monſieur volez, ne vous contraignez pas,
Un ſemblable deſſein merite bien vos pas.
Vous n'avez pas trompé ma juſte défiance,
Ingrat, vit-on jamais plus grande indifference ?
Mais il faut appeller le Comte ; le voicy.

SCENE VI.

MAD. MARTIN, CHAMPAGNE.

MAD. MARTIN.

ME voila maintenant hors d'un fort grand ſoucy,
Je l'ay fait conſentir à donner Iſabelle :
Dés ce ſoir au Marquis.

CHAMPAGNE.

Tous deux en ont dans l'aîle,
Ils vont bien enrager.

MAD. MARTIN.

Ah, je vous en répond,
Et de bon cœur.

CHAMPAGNE.

Tu-bleu que vous en ſçavez long,
Allons tout preparer pour conclure l'affaire.

MAD. MARTIN.

Tout eſt prêt; l'on n'attend plus qu'aprés le Notaire.

CHAMPAGNE.

Il faudra commencer par nôtre cher couſin,
Le gaillard eſperoit de vous donner la main.
C'eſt pour ſon nez. Tantôt vous connoîtrez la flâme.
C'eſt à vous qu'on en veut apparemment, Madame.
Voyez.

SCENE VII.

MAD. MARTIN, CHAMPAGNE, Mr. DE LA CHAUMIERE.

Mr. DE LA CHAUMIERE.

Qui de vous deux est Madame Martin ?

CHAMPAGNE.

Peut-être que c'est moy.

Mr. DE LA CHAUMIERE.

J'en aurois du chagrin.

MAD. MARTIN.

C'est moy.

Mr. DE LA CHAUMIERE.

Tant mieux.

MAD. MARTIN.

Pourquoy ?

Mr. DE LA CHAUM.

Je m'en vas vous l'apprendre.

CHAMPAGNE *bas.*

Et moy boire deux coups.

SCENE VIII.

MAD. MARTIN, Mr. DE LA CHAUMIERE,

Mr. DE LA CHAUMIERE.

Je veux devenir gendre;
C'est à dire épouser la fille de quelqu'un,
Qui soit par sa naissance au dessus du commun :

Car étant Gentil-homme, & Gentil-hommissime,

MAD. MARTIN.

Il pourroit ajoûter impertinentissime.

Mr. DE LA CHAUM.

Je voudrois me garder de me mes allier,
Pour avoir le plaisir de faire un Chevalier ;
Mais ayant parcouru tout nôtre voisinage,
Sans pouvoir trouver femme à mon gré dont j'enrage,
Je me suis vû contraint d'aller chez le Bourgeois,
Qui se tiendra sans doute honoré de mon chois,
Et comme par hasard j'ay trouvé vôtre Pere
Qui m'a parlé de vous. . . . . Si je suis vôtre affaire
Vous n'avez qu'à parler.

MAD. MARTIN.

Où voulez-vous venir,
Vous me feriez plaisir si vous vouliez finir.

Mr. DE LA CHAUM.

Peste à ce que je vois, vous aimez à conclure,
Hé bien cela viendra nôtre épouse future.

MAD. MARTIN.

Qui vôtre épouse ?

Mr. DE LA CHAUM.

Vous.

MAD. MARTIN.

Moy ?

Mr. DE LA CHAUM.

Vous.

MAD. MARTIN.

Cét homme est foû,

Mr. DE LA CHAUM.

Je sçay bien qu'entre nous c'est me couper le coû,
Mais est-ce d'aujourd'huy que l'on se me-sallie,
Bien d'autres avant moy ont fait cette folie,
Et des plus grands Seigneurs.

MAD. MARTIN.

Vous vous mocquez, je cr

Monſieur que vous plaît-il ?

Mr. DE LA CHAUM.

Vous épouſer.

MAD MARTIN.

Qui moy ?

Mr. DE LA CHAUM.

Ouï, vous, de cét honneur vous paroiſſez ſurpriſe.

MAD MARTIN *bas.*

Mais ne ſeroit-ce point un Duc qui ſe déguiſe,
Plût au Ciel, dites-moy s'il vous plaît vôtre nom ?
Mais ſans déguiſement.

Mr. DE LA CHAUM.

Je m'appelle Cochon,
Haut & puiſſant Seigneur de la grande Chaumiere ;
Pour des maiſons, j'en ay de plus d'une maniere.
J'ay de rente par an plus de trois cent chapons
Plus de mille poulets, plus de trois cent dindons.
Cent canarts, les pigeons manquent dans ma voliere
Tout comme le poiſſon manque dans la riviere ;
Mon bien de patrimoine eſt encor par deſſus,
Qui ſe monte par fois juſqu'à cinquante écus ;
Le tout bien calculé fait toutes les années,
Mille ou douze cent frans mes ſervantes payées ;
Cela n'eſt-il pas beau, ce n'eſt pas encor tout,
Le plaiſir . . . . . .

MAD. MARTIN.

Hé Monſieur ?

Mr. DE LA CHAUM.

Ecoutez juſqu'au bout.

MAD. MARTIN.

Non c'eſt perdre le temps Mr. de la Chaumiere,
Vous pouvez retourner chercher vôtre chaumiere,
Allez offrir ailleurs vos quatre cent écus,
Les femmes de mon air ſont ſi fort au deſſus
De ces Gentil-hommeaux dont vous étes le moin-
dre . . . . . .

G iij

Mr. DE LA CHAUM.

Comment vous refusez de vouloir vous conjoindre
Avec un Gentil-homme homme de qualité.
Vous dont le Pere étoit Tailleur sans vanité ;
Vous ne meritez pas cét honneur. Quelle joye
N'auriez-vous pas tantôt de voir couver une oye,
Tantôt de voir un œuf tout fraîchement forti . . . .
Vous ne devriez pas refuser ce parti.

MAD. MARTIN.

Je ne veux point de vous, faut-il vous le redire
Encor cinquante fois.

Mr. DE LA CHAUM.

Adieu je me retire,
Tant pis pour vous.

MAD. MARTIN.

Tant mieux plûtôt ;

Mr. DE LA CHAUMIERE *revient.*

M'appellez-vous?

MAD. MARTIN.

Hé mon Dieu non, fortez. Voilà le Roy des fous.

Mr. DE LA CHAUMIERE *revient.*

Songez y bien au moins, mais avant que je forte.
Car vous ne me verrez jamais à vôtre porte.

MAD. MARTIN.

Ah Ciel, le fot vifage avec la qualité ;
Mais voicy nos Amans.

SCENE IX.

MAD. MARTIN, ISABELLE, LE MARQUIS.

MAD. MARTIN.

ADmirez ma bonté!

Si-tôt que pour Monsieur, j'ay connu vôtre flâme,
J'ay voulu m'en priver & vous faire sa femme;
Il vous donne la main, Madame, dés ce jour,
Est-ce faire beaucoup pour servir vôtre amour ?
C'est beaucoup en effet : mais je fais plus encore,
Vous sçavez que monsieur vôtre Pere m'adore.
Qu'il me veut épouser, & j'avois le dessein
Dans quatre jours au plus de luy donner la main ;
Pouvant vous faire tort par un tel hymenée,
J'ay pour l'amour de vous quitté cette pensée.

                ISABELLE.

Ah quand vôtre bonté veut tout faire pour nous,
Nous devons faire aussi quelque chose pour vous;
Ne vous contraignez point, contentez vôtre flâme,
Vous l'aimez, je le sçay, épousez-le Madame.

            MAD. MARTIN.

Je veux vous confier mon dessein jusqu'au bout ;
Ce soir j'épouse un Comte.

                ISABELLE.

                        Ah je consens à tout,
En ce cas je me tais.

            LE MARQUIS.

                        Mais n'est-ce point un conte
Dites-nous donc le nom de ce pretendu Comte ?

            MAD. MARTIN.

Le Comte de Cascade.

            LE MARQUIS.

                        A ce nom je me rends ;
Luy que j'ay vû tantôt.....

            MAD. MARTIN.
                Ouy.

            LE MARQUIS.
                        Nous sommes parens.

J'apprens avec plaisir cette bonne nouvelle,
Il est noble, discret, galant-homme, fidele ;
Je ne dis rien de plus, car nôtre parenté

Me rendroit envers vous suspect de vanité,
Madame trouvez bon que je vous felicite.

MAD. MARTIN.

C'est un Comte à manger, & d'un fort gros merite,
Qui m'aime tendrement, & sçait me respecter;
Je puis dire cela, je crois sans me flatter.

SCENE X.

MAD. MARTIN, ISABELLE, LE MARQUIS. FANCHON.

ISABELLE.

L'As-tu trouvé Fanchon ?

FANCHON.

J'ay trouvé la boutique,

ISABELLE.

Hé bien, que t'a-t-on dit, acheve donc, explique,
N'as-tu trouvé personne à qui parler ?

FANCHON.

Oh si,
J'ay trouvé le Garçon, l'Orphévre étoit sorti,
Pour porter des pendans de cent louïs la paire,
A Madame Barbin la Femme d'un Libraire.

ISABELLE.

As-tu dit qu'on eût soin de l'avertir tantôt
De venir me trouver.

FANCHON.

J'ay dit tout ce qu'il faut.

MAD. MARTIN.

Tu sçais que contre toy j'ay lieu d'être fâchée;
Je veux te pardonner.

FANCHON.

      Je vous suis obligée,
Ne me pardonnez pas Madame s'il vous plaît.

MAD. MARTIN.

Je veux te pardonner. Quel plaisant interêt . . . .

FANCHON.

Non je vous en conjure & de toute mon ame,

MAD. MARTIN.

A qui donc en as-tu ?

FANCHON.

      Demandez à Madame ?

MAD. MARTIN.

Monsieur me prend pour elle, & me donne de plus
Outre ce qu'avec vous je gagnois, dix écus.

ISABELLE.

Madame elle est à vous, vous pouvez la reprendre.

FANCHON.

Gardez-vous, s'il vous plaît, Madame de me rendre,

MAD. MARTIN.

Puis qu'avec-vous, Madame, elle se trouve bien
Vous pouvez la garder je ne m'oppose à rien.

FANCHON.

Ouy, Madame a raison.

MAD. MARTIN.

     Laissons-la cette affaire,
Monsieur de Châteaubreüil entre avec le Notaire.

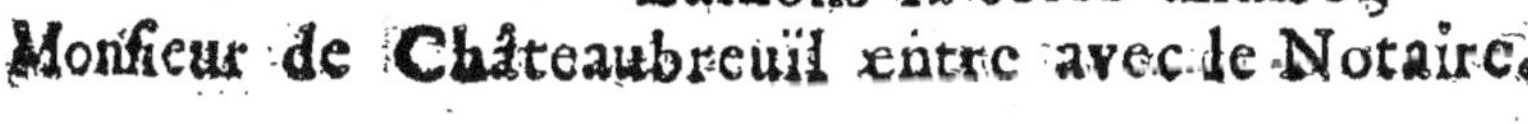

SCENE XI.

MAD. MARTIN, ISABELLE, LE MARQUIS, Mr. DE CHATEAUBREUIL , LE NOTTAIRE, FANCHON.

LE NOTTAIRE.

Garde-notte Madame , & Conseiller du Roy?

LE MARQUIS.

Ouy, c'est fort bien parler, Monsieur , de bonne foy.

Mr. DE CHATEAUBREUIL.

Sans faire plus long-temps attendre le Notaire
Signez & finissons tout à fait cette affaire.
Pour moy c'est déja fait , j'ay signé dés tantôt.

LE MARQUIS.

Donnez-moy le contrat, tout est-il comme il faut.

LE NOTTAIRE.

Vous me croyez , Monsieur , encore bien novice,
Faut-il dans ce contrat employer l'artifice ;
Est-il besoin icy d'user d'aucun détour ?
Je pourrois dans le cas luy donner un bon tour.

Mr DE CHATEAUBREUIL *à Mad. Martin.*

Qu'avez-vous resolu ; quelle est ma destinée ?

MAD. MARTIN *bas.*

Le Comte ne vient point , je suis embarrassée.
Que répondray-je ?

Mr. DE CHAT.

Quoy vous ne me dites rien ?

MAD. MARTIN.

Autant que vous , Monsieur , je souhaitte ce bien.
Mais....

Mr. DE CHAT.

Que voulez-vous dire, achevez ma disgrace.

MAD. MARTIN.

MAD. MARTIN.

Il faut vous dire tout, j'aurois mauvaife grace
De vouloir plus long-temps trahir mes fentimens,
Ouy je vous ay trompé pour unir deux Amans.

M. DE CHAT.

Je ne vous crois point.

MAD. MARTIN.

       C'eft un Comte que j'aime,
Pourquoy le déguifer, mais le voicy luy-même.

SCENE DERNIERE.

**MAD. MARTIN, ISABELLE,
LE MARQUIS,
Mr. DE CHATEAUBREUIL,
LE NOTAIRE, FANCHON,
CHAMPAGNE. LE PAYSAN.**

Champagne entre yvre avec le Payfan.

LE PAYSAN.

VA morguene il eft bon, & pour du vin à fix,
L'an n'en trouvera pas de meilleur dans Paris.

MAD. MARTIN.

Vous faites bien languir les gens, Mr. le Comte,

CHAMPAGNE.

Certain je ne fçay-quoy à la tête me monte
Qui me chicane, car il femble que je voy
Tout d'un coup plus de cent perfonnes devant moy.

LE PAYSAN.

Et moy plus de deux cens.

Mr. DE CHAT.

       Eft-ce une mafcarade ?

LE MARQUIS.

Serviteur à Monfieur le Comte de Cafcade?
Le voilà beau garçon.

CHAMPAGNE.

Affez. Adieu Fanchon?
Tu vois comme l'amour me trouble la raifon,
Je n'en bois ny ne mange; hé viens que je t'embraffe.

FANCHON.

Arrêtez-vous Monfieur, voulez-vous qu'on me chaffe.

CHAMPAGNE.

Ecoute ce foûpir;

LE PAYSAN.

Tenez, c'eft un trigaut,
Je m'en vas dire tout.

Champagne s'appuye fur fon Maître.

LE MARQUIS.

Retire-toy maraut?

MAD. MARTIN.

A-t-on jamais traitté un Comte de la forte?

LE MARQUIS.

C'eft mon Lacquais.

MAD. MARTIN.

Luy?

CHAMPAGNE.

Moy, que le diable m'emporte?

MAD. MARTIN.

C'eft là vôtre Lacquais?

CHAMPAGNE

Elle eft fole ma foy,
Je veux être Champagne en dépit des gens moy,
Quand on eft grand Seigneur on n'oferoit pas boire,
N'eft-il pas vray coufin?

LE PAYSAN.

Pargué c'eft un grimoire.
Ou je ne comprens rian.

CHAMPAGNE.

Ne vaut-il pas bien mieux
Boire.... Ensuite ..... Le vin est un jus merveilleux.

MAD MARTIN.

Je ne le vois que trop ; on m'a fait une piece ;
Tachons de rappeller sa premiere tendresse,

A Monsieur de Chateaubreuil.

Oublions le passé, je vous donne la main.

Mr. DE CHAT.

Je vous connoissois mal , j'ouvre les yeux enfin ,
Il n'est point de retour pour une indigne flâme ,
Adieu, pourvoyez-vous d'un autre Amant, Madame.

LE PAYSAN *à Madame Martin.*

A son défaut je vous..... Si vous ....

CHAMPAGNE.

Elle s'en va.

LE PAYSAN.

Ma foy je n'en veux point elle-a trop l'œil à ça.

LE MARQUIS.

Champagne promets-moy de ne vouloir plus boire.

CHAMPAGNE.

Ouy, mais je pourrois bien en perdre la mémoire ;
Quand j'ay quelque chagrin j'ay recours au flacon.

LE MARQUIS.

Pour te recompenser je te donne Fanchon.

CHAMPAGNE.

Fanchon ? Hé bien ouy-da, son air fripon me tente ,
Mais parle auparavant en seras tu contente ;
Mardy je n'aime pas à voir forcer les gens.

FANCHON.

J'y consens.

CHAMPAGNE.

Mais au moins j'en veux avoir les gans.

LE PAYSAN *à Fanchon.*

Ma joye... enfin... Car... bref... allons nous-en
    cousin.

Je fons nos complimens bian mieux dans la cuisine.
FANCHON.
Allons tres-volontiers, mais vous n'y boirez pas.
CHAMPAGNE.
J'aimerois mardy mieux te rompre les deux bras.

FIN.